만 번의 합장, 만 배의 지혜

불교어린이글짓기입상작품집 15

만 번의 합장, 만 배의 지혜

2015년 11월 13일 인쇄
2015년 11월 21일 발행

엮은곳 : 한국불교아동문학회
엮은이 : 이 창 규
펴낸곳 : 대양미디어
펴낸이 : 서 영 애

서울시 중구 충무로5가 8-5 삼인빌딩 303호
등록일 : 2004년 11월 8일(제2-4058호)
전화 : (02)2276-0078
E-mail : dymedia@hanmail.net

ISBN 978-89-92290-90-6 03810
값 12,000원

이 도서의 국립중앙도서관 출판시도서목록(CIP)은 서지정보유통지원시스템 홈페이지(http://seoji.nl.go.kr)와 국가자료공동목록시스템(http://www.nl.go.kr/kolisnet)에서 이용하실 수 있습니다.(CIP제어번호 : CIP2015031041)

불교어린이글짓기입상작품집 15
(불기 2551년~2559년)

만 번의 합장, 만 배의 지혜

한국불교아동문학회 엮음

대양미디어

전국 어린이의 본보기 글이 될 것입니다

회장 이 창 규

어린들은 부처님입니다.

순진무구한 마음이 선을 행하는 부처님의 심성을 닮았기 때문입니다.

글짓기 작품은 그 어린이 모습입니다. 그 어린이의 참된 마음과 얼이 작품에 반영되었기 때문입니다. 특히 부처님의 얼이 비춰 있기에 더욱 소중한 작품입니다.

전국 어린이들의 호기심과 진심을 글로 표현한 귀한 작품들을 모아 예쁜 책으로 만들게 되어 매우 기쁘게 생각합니다.

이 글짓기작품집 『만 번의 합장, 만 배의 지혜』는 한국 불교아동문학회에서 해마다 마련해 온 '불교어린이글짓기 내기' 에서 뽑힌 작품 중 작품집으로 엮지 못한 불기 2551(2007)년부터 2559(2015)년까지 9개년 동안에 뽑힌 아동시와 줄글 약 220편을 한 책에 엮은 것입니다.

우리 한국 불교아동문학회에는 한국 글짓기교육 초기부터 글짓기교육 연구실천의 선봉에 섰던 회원이 여러 분입니다. 그 손으로 뽑은 글이기 때문에 전국 어린이들의 글짓기 공부에 본보기 글이 되리라고 생각합니다.

이번 이 글짓기 입상작품집을 내는 데에 김일환 회원의 힘이 컸음을 밝혀 둡니다.

감사합니다.

불기 2559(2015)년 가을

목 차

✤ 2008년 제25회 입상작품

2007년 제24회 입상작품

- **아동시부 대상**

수국사에서

서울 구산초등학교 3학년 노정현

- **아동시부 금상**

절의 풍경

서울 은석초등학교 2학년 박주영

부처님오신 날

전남 목포 북교초등학교 5학년 전대원

- **아동시부 은상**

부처님

대구 동성초등학교 2학년 신동호

부처님께

인천 마전초등학교 2학년 염종협

부처님께

서울 은석초등학교 3학년 서상훈

믿음은 하나

서울 유석초등학교 6학년 조건호

거룩하신 부처님

경기 의정부 부용초등학교 6학년 신동은

- **아동시부 동상**

부처님 믿는 마음

서울 은석초등학교 1학년 이재희

달성사에는

목포 북교초등학교 1학년 전대산

석굴암 부처님

서울 구산초등학교 3학년 유현진

아기 부처님

경기 의정부 부용초등학교 4학년 신동민

부처님 앞에서

경기 안산 삼일초등학교 4학년 염종욱

불교의 숨결

서울 유석초등학교 6학년 차종민

정답은 불교

서울 유석초등학교 6학년 정유진

목탁 소리

서울 유석초등학교 6학년 우승현

절은 왜 산 속에 있을까

서울 유석초등학교 6학년 김헌영

- **줄글부 대상**

우리는 인연이야

서울 은석초등학교 2학년 김남규

- **줄글부 금상**

받지 않은 선물

서울 은석초등학교 6학년 정지훈

백련사

서울 상원초등학교 4학년 김지수

- **줄글부 은상**

승가사

서울 마포초등학교 1학년 김형수

강화도 부석사

서울 은석초등학교 2학년 이유진

어린 보살이 꿈꾸는 세상

서울 은석초등학교 2학년 김동규

천년의 문화유적

서울 신답초등학교 3학년 지형주

외할머니의 소원

서울 유석초등학교 6학년 이명주

- **줄글부 동상**

연화 법회

서울 은석초등학교 1학년 지승도

우리 학교 연화어린이회

서울 은석초등학교 1학년 채민형

부처님을 생각하며

서울 은석초등학교 2학년 김다빈

나는 연화어린이

서울 은석초등학교 2학년 박시진

마음을 씻어주는 이야기

서울 은석초등학교 3학년 김서연

부처님의 미소

서울 은석초등학교 3학년 김규리

연화가족 사찰순례

서울 은석초등학교 3학년 이효진

절의 고요함

서울 은석초등학교 5학년 임가희

불국사에 간 날

서울 유석초등학교 6학년 최호용

아동시부 대상

수국사에서

서울구산초등학교 3학년
노 정 현

엄마 따라
수국사에 갔지요.
엄마 옆에서
나도 절을 하였지요.
엄마는 일어날 줄 몰랐어요.
일어서려다 말고
다시 엎드렸어요.
살며시 부처님을 보았어요.
빙그레
부처님이 웃고 계셨지요.

아동시부 금상

절의 풍경

서울은석초등학교 2학년
박 주 영

일주문에 들어서니
탁 트이는 마음
반짝반짝 네모진 탑들이
"안녕?" 하고 인사하네.

대웅전에 들어가면
똑똑 딱딱 목탁소리
부처님께 들려드리는 찬불가소리.

절 마당에 졸졸졸 맑은 샘물
한 컵 꿀꺽꿀꺽 마시니
기운이 불끈불끈 솟아나서
어, 산 아래까지 순식간에 내려왔네.

부처님오신 날

전남목포북교초등학교 5학년
전 대 원

달력에 동그라미 그려온
부처님오신 날
점점 가까워지면
달성사 가는 길가에는
색깔 다른 연등 꽃이
하나 둘 피어난다.

얼굴 다른 사람들
소망을 담고
어두운 밤이면
빨갛게 어둠 밝히는
연등 속에는
부모님 건강을 비는
내 마음도 들어 있다.

하나 둘
자꾸 커지는 연등 속에서
부처님 본받고 싶은
내 마음도
연등이 되어
사람들로 붐비는
달성사 올라가는
길옆 나무에 매달려
어둠을 밝힌다.

아동시부 은상

부처님

대구동성초등학교 2학년
신 동 호

절에 가면 절에 가면
부처님이 계신다.
부처님께서는
이야기 할 친구가 적어서
심심하시겠다.

어른 친구는 많지만
어린이 친구들은 없어서
심심하시겠다.

어른 친구들이 너무 조용해서
심심하지만
어린이 친구는
시끄럽지만
재미있을 것 같다.

나중에
내가 가서
친구가 되어 드려야지!

부처님께

인천마전초등학교 2학년
염 종 협

부처님,
제게 소원 하나 있어요.

씩씩하고 잘 생긴
남동생을 보내주세요.

할머니의 정성기도로
울 아빠도 얻으셨다지요?

제 눈에 하느님은 보이지 않지만
부처님은 볼 수 있어요.

부처님께서도
저를 보고 계시겠지요.

저를 닮은 착하고 예쁜
동생하나 얻고 싶어요.

부처님께

서울은석초등학교 3학년
서 상 훈

부처님
부처님
저는 부처님을
좋아합니다.

제가 아플 때나
기쁠 때나
부처님께서
같이 있어 주셔서
고맙습니다.

저를 도와준 것처럼
우리 가족도
도와주세요.

우리 할아버지는
수술해야 되고
할머니는 허리가 아프셔서
일어서기가 어려워합니다.
제발 도와주세요.

믿음은 하나

서울유석초등학교 6학년
조 건 호

모든 사람들은
각자 다른 종교를
가지고 있지만
마음은 하나라네.

종교가 다르다고
이웃끼리 나라끼리
다투기도 하지만
우리는 하나라네.

기독교와 천주교
유교와 불교
종교는 다르지만
믿음은 하나라네.

거룩하신 부처님

경기의정부부용초등학교 6학년
신 동 은

맑은 봄날
거리마다 꽃등을 달았네.

엄마 아빠 손잡고
부처님께 가는 날
연꽃 달고
법당에 들어서면
부처님의 환한 미소에
마음이 편안해져요.

거룩하신 스님 말씀에
부처님의 크신 뜻 헤아리며
나를 돌아보아요.

거룩하신 부처님 말씀
온 세상에 널리 퍼져나가요.

아동시부 동상

부처님 믿는 마음

서울은석초등학교 1학년
이 재 희

부처님 믿는 이 마음
누가 훔쳐가지 못하게
꼭 감싸 안아
어떤 큰소리가 나도
흔들리지 않고 싶어
아무도 가져가지 못하게
꼭 감싸 쥐고 있어
부처님 믿는 마음이
떠나면 안 되니까.

달성사에는

전남목포북교초등학교 1학년
전 대 산

내가 즐겨 찾는
달성사 마당에는
가을이면 빠알간 홍시
주렁주렁 매달려
그네를 타요.

내 입에 군침
다시게 만드는
잘 익은 홍시들은
나 아닌 누구를
기다리고 있었나 봐요.

내가 다가가면
떨어질 생각도
하지 않다가
새들이 포르르 날아오면
꼭 닫았던 입술
얼른 열어줘요.

가진 것 나눠주고 싶은
자비로운 부처님
마음을 담고
비바람 맞으며
홍시 만들어
새들에게 나눠주려
그날을 마음속으로
기다렸나 봐요.

석굴암 부처님

서울구산초등학교 3학년
유 현 진

석굴암 부처님이
웃고 계신다.
왜 웃고 계실까?

내가 좋아서 웃으시나 보다.
내가 찾아와서
좋으신가보다.

'다음에 또 오렴.'
부처님은
나만 보고 계신다.

아기 부처님

경기의정부부용초등학교 4학년
신 동 민

엄마 손잡고
법당에 들어서면
또랑 또랑한 눈빛으로
나를 바라본다
아기 부처님이

거룩하신 스님 말씀 끝나면
아기 부처님 관욕 차례
모두들 줄서서 기다린다
아기 부처님을

두 손 모두 모아
아기 부처님 관욕시키면
손이 부들부들
가슴이 콩닥콩닥

아기 부처님도
날보고 방긋 웃어 주신다
만나서 반갑다고

부처님오신 날에.

부처님 앞에서

경기안산삼일초등학교 4학년
염 종 욱

깊은 산 속
절 마당에 계신 부처님께

두 손 모아 합장을 하며
고개 숙여 인사를 올리면

내 맘속에 있던
친구를 미워하는 마음

공부하기 싫어하는 마음
엄마와 약속을 어긴 일까지

나는 새로운 마음으로
새 사람으로 다시 태어난다.

불교의 숨결

서울유석초등학교 6학년
차 종 민

우리나라 국보 20호
불국사의 다보탑

우리나라 국보 30호
분황사의 석탑

우리나라의 보물에는
불교의 숨결이 숨어있지요.

정답은 불교

서울유석초등학교 6학년
정 유 진

강요하지 않는 종교
마음의 위안을 주는 종교
누구나 한마음이 되는 종교

무엇일까요?

정답은
불교.

목탁 소리

서울유석초등학교 6학년
우 승 현

절에 가면
딱딱
목탁 소리 들려온다.

고요한 절에
똑똑
맑게 울려퍼지는
목탁 소리

내가 좋아하는
향냄새와 함께
또옥 똑
내 마음을 두드린다.

들으면 기분 좋은
목탁 소리.

절은 왜 산 속에 있을까

서울유석초등학교 6학년
김 헌 영

절은
왜
산 속에 있을까?

교회나
성당은
집 주위에 있는데

절도
교회나 성당처럼
집 가까이 있으면 좋겠다.

줄글부 대상

우리는 인연이야

서울은석초등학교 2학년
김 남 규

불교에서는 '연기설' 이라는 말리 있다. 그 뜻이 무엇일까 궁금하였는데 조금 알게 되었다. 간단하게 말해서 모든 것은 인연이 있어 만물이 이루어진다는 것이다. 인연이라는 말이 쉽게 이해되지는 않았지만 '옷깃만 스쳐도 인연이다' 라는 말을 듣고 모든 것이 소중하다는 것을 알게 되었다.

인연이 이렇게 소중한 것이라는 것을 알게 되었다.

나는 쌍둥이다. 우리 학년에 쌍둥이는 우리 밖에 없는 것 같다. 그래서 그런지 왠지 남다르게 느껴진다. 어째서 나는 지금의 쌍둥이 형과 만나 똑같이 엄마 뱃속에 있었을까? 신기하다. 엄마가 그러시는데 우리는 태어날 때 몸무게도 똑같고 키도 똑같았다고 한다. 그래서 엄마는 희한하셨다고 한다.

옷깃만 스쳐도 인연이라는데 쌍둥이 형을 만난 건 굉장한 인연이다. 이럴 때 운명이라는 말을 쓰는 것이 아닐까? 그것도 쌍둥이라니……. 솔직히 가끔은 쌍둥이 형이 싫을 때도 있다. 같은 나이인데 형이라니……. 그래서 일부러 싸움 건 적도 있다. 하지만 쌍둥이 형과의 우애가 키워질 때 아빠, 엄마와 함께 가족도 화목해질 것이다. 인연이 인연을 낳아 만물을 이루는 연기설을 나는 우리 가족에게서 보았다.

소중한 만남은 가족에게만 있는 것이 아니다. 나에게 좋은 공기를 주는 자연도 만남이고 은석초등학교에서 만난 친구들과 좋은 가르침을 주신 선생님들과 만난 것도 소중한 만남이다.

우리의 모든 만남이 인연인 것이다. 이렇게 생각하니 작은 들풀 하나도 소중하다는 것을 알게 되었다. 형도 친구도 선생님도 나에게는 인연이다. 이런 만남을 소중하게 여기고 가꿔 나가는 것을 배우며 살아야겠다.

줄글부 금상

받지 않은 선물

서울은석초등학교 6학년
정 지 훈

"즐"

"에이 저게, 기분 나빠."

학교 끝나고 집에 가는데 친구가 옆을 지나가다 느닷없이 '즐' 하고는 도망갔다.

나도 질세라 0.1초도 안 되어서 바로 친구의 뒤통수에다 실컷 욕을 해 주었다. 엄마께 말씀드려봤자 꾸중만 듣겠지만 집에 오는 동안에도 분이 안 풀려서 친구가 먼저 욕하고 약 올린 상황과 나도 질세라 10배는 더 욕해주었다고 솔직히 말씀드렸다.

엄마 표정이 어두워지셔서 나는

"엄마, '되로 주고 말로 받는다' 고 하잖아요. 딱 이럴 때 쓰는 말이죠?"

하며 재밌는 말로 애교를 부렸는데 엄마는 더 슬픈 표정이시다.

"엄마, 엄마처럼 말하고 생각하면 '따' 당해요. 욕 안하면 바보인줄 알아요. 싸움 안한다고 하면 '못하는 거겠지?' 하며 계속 괴롭힌다고요. 옛날이랑 달라요."

엄마는 '욕하는 것' , '바른말 쓰지 않는 것' , '친구랑 싸우는 것' 을 정말 싫어하신다. 특히 '절대로 욕하거나 비속어 쓰지 않기' 는 우리 집의 철칙이다.

엄마는 나에게는 물론이고, 윗집 동생이나 사촌동생들에게도 꼬박꼬박 높임말을 쓰신다. 그래야 아이들이 자라서 바른 인성을 갖고 서로 잘 어울려 지내는 좋은 세상이 된다고 하신다.

엄마 말씀이 옳은 것은 알겠지만, 요즘 우리들 세계에서는 비속어나 욕 못하면 친구들과 같이 어울리기 어려운 게 현실이다. 하지만 엄마는 내 말이 자꾸 거칠어져서 걱정하시고, 나는 나를 이해 못하시는 엄마가 답답하다. 엄마는 매일 참으라고 하시지만 욕을 듣고 참을 수 있다는 것은 쉽지 않은 일이다. 엄마 앞에서만 겨우겨우 말조심을 하며 지내지만 그래도 화가 나면 바로바로 튀어나온다.

어느 날, 엄마께서 도서관에서 책을 잔뜩 빌리셨다. 그 책들은 스님들이 쓰신 명상집과 좋은 이야기책이었다. 나는

"엄마, 나 이런 책 싫은데요……."

엄마께서는 내게 도움이 될 글 한 장만 읽어주시겠다고 하셨다.

어떤 사람이 부처님께 욕을 하였다. 그러나 부처님께서는 아무런 반응이 없으셨다. 오히려 욕한 사람이 당황하여 부처님께 왜 야단치시지 않으시냐고 묻자 부처님께서는

"나에게 준 선물은 고마우나 나는 받지 않았으니, 그 선물은 어디로 갔겠소?"

하고 대답하셨다고 한다.

나는 이 이야기를 듣고 머릿속에서 '땡' 하는 소리가 나는 것 같았다.

다른 책도 읽어보았는데 명상집은 짧은 글이지만 멀리 퍼지는 종소리처럼 나에게 긴 여운을 남겨주었다. 나를 놀리고 욕하고 시비 거는 친구들에게 욕하고 싶을 때마다 '내게 필요 없는 선물은 사절이야!' 하

며 꾹 참았다. 그러나 종소리가 약해지는 것처럼 '욕은 안 받아도 되는 선물' 이라는 주문도 내 머릿속에서 차츰 작아져 갔다.

내 마음이 다시 거칠어지는 것을 부처님도 아셨는지, 친구들과 다시 싸우고 욕하기 시작했던 지난 11월에 우리 6학년들은 모두 수계법회를 하고 법명을 하나씩 받았다. 내 법명은 '영명' 이다. 영명이란 뜻은 영혼 영에다 밝을 명을 써서 '영혼이 맑고 깨끗하다' 라는 뜻이라고 했다.

엄마께서는 법명이 나에게 딱 맞는다고 하시며 불교경전, 근본교리에 관한 어린이 책과 내가 좋아하는 '부모은중경' 책을 선물로 사주셨다. 엄마가 사주신 '아함경' 이란 책에서는 엄마가 들려주신 '선물' 이야기가 실려 있었는데 욕 잘하는 어떤 사람이 브라만 사람이고, 나중에 그는 부처님의 제자가 되는 내용으로 나와 있었다. 그동안 나의 흐트러진 태도가 부끄러워졌다.

나는 앞으로 친구들에게 한 번도 욕하지 않고, 절대 싸우지 않을 자신은 없다. 그래도 요즘엔 많이 참으려고 노력한다. 법명을 받은 후부터는 싸움을 하려다가도 한 번 더 참게 된다. 머릿속에서 부처님 말씀, 종소리의 여운이 사라질 때마다 다시 책을 펼쳐 읽는다.

내게 주신 법명 '영명' 처럼 영혼이 맑고 깨끗해지기 위해 노력하고, 부처님이 가르쳐주신 길을 나 스스로 가야 하기 때문에 부지런히 실천할 것이다.

백련사

서울상원초등학교 4학년
김 지 수

5월 12일, 석가탄신일이라 엄마와 함께 백련사에 갔다. 가는데 차가 많이 밀려서 2시간 정도가 걸렸다.

백련사에 도착해서 제일 먼저 법당에 들어가서 절을 하였다. 사람은 많았지만 모두가 자리를 양보해서 복잡하지 않았다. 절을 한 다음 스님의 법회를 듣고 나와 연못에 가니 연꽃이 피어 있었다.

하얀 연꽃은 마치 생크림 케이크 같이 희고 예뻤다. 연꽃을 보면 내 마음도 차분해지는 것 같은 느낌이 든다. 연잎 위에는 개구리도 앉아 있었다. 개구리가 그렇게 가볍나 하는 생각이 들었다.

연못 구경을 하고 밥을 먹으러 식당에 갔는데 메뉴는 비빔밥이었다. 절에서 주는 비빔밥이라서 그런지 고기가 없고 채소만 있어도 참 맛이 있었다. 처음엔 맛이 없을 줄 알았는데 의외로 맛있어서 한 그릇을 순식간에 비워 버렸다.

밥을 다 먹고 돌아다니는데 이상한 점이 있었다. 가는 곳마다 연꽃 모양의 등이 매달려 있었다. 무엇인지 궁금해서 엄마께 여쭤봤더니 가족의 건강을 기원하는 등이라고 말씀하셨다. 그래서 등을 보며 소원을 빌었다. 우리 가족 건강하게 해 달라고, 할머니, 할아버지도 건강하게 오래오래 사시라고 말이다. 꼭 이뤄지게 해달라고 다시 한 번 기도하며 집으로 돌아왔다.

나는 절이 참 좋다. 소박하면서도 정다운 정을 느낄 수 있기 때문이다. 그리고 절이 신기하기도 했다. 평상시 생활과는 다른 점이 정말 많았던 것 같다. 앞으로는 나도 부처님처럼 겸손하게 남을 도우며 살아야겠다.

줄글부 은상

승가사

서울마포초등학교 1학년
김 형 수

할아버지, 할머니, 아버지, 어머니랑 승가사에 갔습니다. 승가는 산 꼭대기에 있었습니다.

큰 부처님이 있었습니다.

나는 부처님을 쳐다보았습니다.

부처님도 나를 내려다보았습니다.

부처님이 절을 해라 하는 것 같았습니다.

그래서 나는 절을 했습니다. 할머니도 절을 했습니다.

부처님이 기뻐하시는 것 같았습니다.

나도 기분이 좋았습니다. 그리고는 등산을 했습니다.

강화도 부석사

서울은석초등학교 2학년
이　　유　　진

지난 주말 우리 가족과 함께 강화도에 있는 부석사에 가게 되었다. 나는 왜 부처님 귀는 클까? 궁금했었다. 부석사에 와서도 궁금증을 풀 수 없었다. 커서는 이 궁금증을 풀어낼 거다.

부석사에는 많은 사람이 있었다. 그만큼 부처님을 사랑하고 믿나 보다.

큰 종이 있었는데 스님이 종을 치고 계셨다. 스님은 큰 망치 같은 것으로 치셨다. 스님은 힘이 많으신가 보다. 스님은 불교 클럽인 사람들만 팔찌를 주셨다. 그런데 불교 클럽이 아닌 사람이 억지로 다른 사람 카드 뺏어서 팔찌를 받았다. 정말 나쁜 사람인 것 같다. 아무리 팔찌를 받고 싶어도 그것은 나쁜 것이다. 나는 그렇게 어리석은 사람은 되지 않을 거다.

그리고 불교 액세서리, 부채, 공책, 연필을 파는 상점이 있었다. 신기한 것들이 많았다. 사람들은 너무 신기한 것들이 많다고 말을 했다. 그리고 아주 귀한 물이 있는 우물이 있었다. 옛날에는 그 우물에 있는 물을 마시면 행운이 찾아온다는 말도 있었다. 그 옆에는 돌을 세우는 곳이 있다. 돌을 세우는 곳도 돌을 세우면 행운이 찾아온다는 말이다.

하늘과 거의 가까운 꼭대기에 가면 돌에 새겨져 있는 부처님이 있다.

우리 가족은 그것을 보러 올라갔다. 너무 힘들었다. 나는 털 부츠를 신고 올라가서 힘이 더 들었다. 중간쯤 가서 길이 막혔었다. 1분이 지난 뒤 점점 속도가 빨라졌다. 드디어 끝이 보였다. 벽에 새겨져 있는 부처님 앞에서 절을 했다. 이렇게 많은 계단을 오른 내가 자랑스러웠다. 부처님의 얼굴을 자세히 보니 귀도 크셨고, 이마에 보석이 박혀 있었다.

부처님의 귀가 크신 이유는 사람들의 말을 잘 들어야 될 것 같고, 이마에 보석이 박힌 이유는 부처님은 인도인이기 때문이다. 이 글은 내가 다 생각한 것이다.

내려오는데 음료수 파는 슈퍼가 있었다. 엄마께서 사 주셨다. 음료수의 맛은 꿀맛이었다. 내려오는 길은 발걸음이 가벼웠다. 오늘은 정말 기쁜 날이다. 그 이유는 행운의 물도 마셨고, 행운의 돌도 쌓았기 때문이다.

'부처님, 부처님 앞으로도 쭉~ 저희를 지켜주세요. 관세음보살, 관세음보살, 불교!' 라는 단어가 나오면 이 일이 생각날 것 같다.

어린 보살이 꿈꾸는 세상

서울은석초등학교 2학년
김 동 규

불교에는 '보살정신' 이라는 것이 있다. '보살' 이라는 뜻을 알고 싶어서 사전을 찾아보았다. 보살이란 '깨달음을 주는 존재' 라고 한다. 보살은 부처님 다음 가는 성인이라고 하는데 부처가 될 수 있지만 중생을 위해서 부처가 되는 것을 멈추고 중생을 깨달음의 길로 가게 도와주는 것이다. 이런 보살 정신에서 중요한 것은 '자비' 라고 한다.

자비라는 것은 내가 생각하기에는 인자한 것, 착한 것, 교만하지 않는 것, 마음이 따뜻한 것이라고 생각한다. 또 참 훌륭한 마음가짐이라고 생각한다.

이런 자비로운 마음을 나는 배우고 싶다. 그런데 나는 내가 생각할 때 내가 자비로울 때도 있고, 자비롭지 않을 때도 있다고 생각한다. 왜 그러냐면 내가 기분이 좋을 때는 친절하지만 기분이 나쁠 때는 다른 사람들과 말도 하기 싫기 때문이다. 내 동생을 예를 들어 보면 기분이 좋을 때는 내 물건도 주지만 기분이 나쁘면 엄청나게 많이 때리기 때문이다. 이런 내가 배워야 할 것이 자비로운 마음이라고 생각한다.

나뿐만 아니라 내가 바라보는 세상도 자비롭지 못할 때가 많다. 여기저기서 자동차 경적소리 같은 시끄러운 사람들이 사는 것 같다. 자기만 위하고, 자기만 좋으려고 말이다. 엄마 차를 타고 다니다 보면 조금도 못 참고 먼저 가려고 삐삐거리는 사람들을 많이 본다. 그 사람들은 아마 평소에도 참지 못하고 자기만을 위해 살 것 같다. 모든 사람이 보살정신을 가지고 있으면 얼마나 좋을까? 그러면 시끄럽지 않고 편안하고 따뜻할 수 있을 텐데…….

나부터 보살정신을 가져야겠다. 그래서 나와 같은 어린 보살들이 평화로운 세상, 남을 소중히 여기는 세상을 만들어서 갔으면 좋겠다.

천년의 문화유적

서울신답초등학교 3학년
지 형 주

지난 5월, 경주에 다녀왔다. 그곳에서는 천년의 역사인 신라의 많은 유적지가 있었다. 경주의 유적지는 석굴암, 불국사, 남산 등에서 많은 불교문화를 만날 수 있었다. 그 중 가장 불교문화를 잘 알 수 있는 곳들은 불국사, 석굴암이었다.

먼저 불국사에서는 다보탑, 석가탑, 대웅전 등 여러 건축물과 탑이 있었고 독특하고 멋있는 모습과 천년의 이야기를 여러 법당과 건축물, 석탑 등에서 만날 수 있었다. 그렇게 많은 불국사의 불교 문화재 중 가장 많이 인상 깊었던 것은 매일 동전에서 누구나 쉽게 만날 수 있었던 다보탑이었다. 실제로 보니 돌로 만들었는데도 참 아름답고 정교한 모습을 하고 있었기 때문이다.

그 다음으로 석굴암에 갔다. 석굴암은 일제강점기시대 때 공사를 해서 좀 망가졌기는 하지만, 본존불과 옆에 있는 법천, 문수보살 등이 새겨져 있었다. 모습은 정말 실제 같이 보였다. 탑은 없지만, 돌로 만든 참 훌륭한 절인 것 같다.

다음으로 황룡사와 분황사로 갔다. 여러 전쟁으로 없어진 것이 많았는데 분황사에는 탑, 법당 등 좀 남아 있는 것이 있었다. 정문에 들어서면서 제일 먼저 볼 수 있는 것은 분황사 석탑은 현재 남아 있는 신라 석탑 중 가장 오래되었다고 하고 돌을 벽돌 모양으로 쌓아 올린 모전 석탑이라는 것이 가장 특징이라 한다. 위층이 좀 사라져서 원래 7~9층 정도 되었지만, 지금은 3층밖에 남아있지 않다. 조금 안쪽으로 들어가면 법당이 있는데 법당 안에는 어마어마하게 큰 약사여래입상이 두 손을 들고 법당을 가득 채우고 있는 모습을 볼 수 있었다.

그리고 신라 진흥왕 시절 궁궐을 지으려다가 황룡이 나타나서 궁궐 대신 절을 짓게 되었다는 설화의 황룡사는 모두 사라지고 기둥이 있던 자리, 불상이 있던 자리만 확인할 수 있었다. 아쉬운 마음에 불상이 놓였던 자리에서 사진을 찍으며 마음속으로 상상해 보아야 했었고 그렇게 크고 넓은 절이 모두 사라지고 터만이 남겨져 있다는 것이 몹시 안타까웠다.

경주를 여행하며 볼 수 있었던 가장 큰 탑은 문무왕이 왜구의 침략을 막고자 세웠다는 감은사의 감은사지 삼층석탑이었다. 죽어서도 용이 되어 나라를 지키겠다는 문무왕의 큰 뜻이 보이듯 옆에서 사진을 찍으면 내 키가 기단의 높이도 되지 않을 정도로 꽤 거대한 석탑이었다. 이렇게 대단한 듯 보이는 문화재들이 터만 남겨진 곳에 외롭게 서 있는 것이 역시 안타깝고 우리가 보고 배우고 익혀야 지킬 수 있을 거라는 생각이 들었다.

에밀레 에밀레~

경주박물관 정문에서 조금 들어가면 한국 최대의 종이라는 성덕대왕신종을 볼 수 있다. 종을 매는 고리가 용머리로 조각되어 있고 몸체에 새겨진 문양은 정말 인상 깊고 아름다웠다. 소리를 들으면 복을 받는다는 종소리는 시간에 맞춰 녹음으로 들을 수 있었는데 내 귀에만 그런 것인지 모르겠지만 설화에서처럼 '에밀레~' 소리는 느낄 수 없었다.

천년으로 이뤄진 경주 문화재들은 2박 3일을 쉬지 않고 돌아다녀도 다 볼 수 없을 정도로 많았다. 그렇게 많은 것들 중에는 터만 남고 흔적만 남고 일부만 남은 것들이 참 많았다. 잃어버린 아름다운 우리 것을 되찾으려면 강해져야 하고 그러기 위해서는 더욱 많이 보고 배우고 관심 가져야겠다는 생각이 들었다.

외할머니의 소원

서울유석초등학교 6학년
이 명 주

"명주야, 너도 남동생 있었으면 좋지 않겠니? 얘, 명주 엄마야, 너도 아들 한 명만 낳아라."

항상 우리 외할머니는 우리 엄마만 보면 이 말을 하신다. 우리 외할머니는 딸만 넷을 낳아서 아들을 원하신다. 그래서 날마다 칠성각에 가서 아들 좀 낳게 해 달라고 소원을 비신다. 하지만 항상 여자아이이다. 우리 할머니도 마찬가지고, 다른 할머니들도 딸보다 아들을 원한다. 나는 할머니가 어렸을 때는 이해가 잘 가지는 않았다. 왜냐하면 할머니는 항상 아들을 원하고, 여자보단 남자가 좋다는 말이 싫었다. 하지만 지금은 아니다. 할머니의 말이 이해가 간다. 내 쌍둥이 사촌동생을 보면서 느낀다. 아들이 있어야지, 집안의 가장이 있어야지 좋다는 생각이 들었다.

우리 아빠도 외할머니 집에 가면 우리 아빠는 할머니께 사랑을 받는다. 할머니는 요즘에 여자가 좋은가보다. 내가 맏이여서 그런가 보다. 할머니는 지금 바라는 것은 할머니가 단지 우리들이 잘 크기를 원한다. 나도 커서 아들, 딸 구분은 하지 않겠다.

줄글부 동상

연화 법회

서울은석초등학교 1학년
지 승 도

토요일 수업이 끝나면 나는 법당에 간다. 법당에는 부처님이 계신다. 부처님은 꼼짝하지 않고 계시는데 친구들은 쫑알쫑알 떠든다.

우리가 찬불가를 부르고 나면 스님께서 부처님의 어렸을 때 이야기를 해 주신다. 그 중에서 마야부인 옆구리에서 싯다르타가 태어났고 나무에서 동서남북으로 일곱 번 걷고 '천상천하 유아독존' 이라고 외쳤다. 그리고 마녀가 딸들을 변장시켜서 부처님을 움직이게 했는데 부처님은 꿈쩍도 하지 않으셨다.

스님이 이야기를 하시면 기분이 좋다. 그 다음에 삼귀의를 부르고 마지막으로 "부처님 되세요" 를 한다. 나도 착한 일을 많이 해서 부처님이 돼야지.

끝나서 간식을 받으면 배가 고프다. 그래서 집으로 가면서 먹는다. 이제는 법회가 끝나서 아쉽다. 2학년이 돼서도 연화 법회를 했으면 좋겠다.

우리 학교 연화어린이회

서울은석초등학교 1학년
채 민 형

우리 학교는 불교학교라서 학교 안에 법당이 있다. 마음이 넓고 항상 미소를 지으시는 부처님이 계셔 난 법당이 참 좋다. 그래서 친구들과 토요일마다 법회를 하러 간다. 처음엔 어떻게 해야 할지 몰라서 걱정을 했는데 법정 스님께서 친절하게 알려주셨다. 남자친구들이 아무리 까불고 떠들어도 법정 스님께서는 화를 내시지 않는 걸 보면 스님도 부처님을 닮은 것 같다. 혹시 스님이 부처님이실까?

법회가 시작되면 2학년 언니가 법회를 시작한다고 말을 하고 다 같이 부처님께 삼배를 드린다. 그리고 어린이집회가와 청법가를 부른다. 다음은 반야심경을 암송하고 제일 힘들게 느껴지는 참선을 한다. 스님께 배운 참선은 두 발을 맞은편 다리 위에 올리고, 두 손은 포개어 엄지손가락만 서로 붙인다. 그리고 눈은 코끝을 보고 입은 무겁게 꼭 다무는 것이다. 나는 무슨 생각을 해야 할지 몰라 스님의 말씀만 기다린다.

스님께서는 여러 이야기를 해주셨는데 그 중 내가 기억나는 건 '녹야원' 과 '동서남북' 이야기이다.

녹야원은 석가모니 부처님께서 처음으로 설법을 시작하신 곳이고, 동서남북 이야기는 석가모니 부처님께서 처음으로 세상 구경을 하러 가셨는데 동서남북 네 군데에 병들고 늙고 죽어가는 사람들을 보고 출가의 마음을 먹게 된 이야기이다. 부처님은 역시 마음이 따뜻하신 분이란 생각이 들었다.

이제 1학년 법회는 끝났지만 내년에도 법회를 하여 법정 스님도 계속 뵙고, 2학년 언니들이 하는 법회 시작 말을 꼭 해보고 싶다.

"지금부터 불기 2552년 3월 28일 연화법회를 시작하겠습니다."라고.

부처님을 생각하며

서울은석초등학교 2학년
김 다 빈

전에 텔레비전을 보며 많은 사람들이 두 손을 모아 기도를 하는 모습을 보았다. 그때마다 아빠에게 "누구한테 하는 거야? 무엇을 바라고 하는 거야?"라고 여쭤봤던 생각이 났다. 아빠는 자신이 믿는 종교 또는 사람에게 소원을 들어달라고 간절히 기도를 하는 거라고 말씀해 주셨다. 종교에는 불교, 기독교, 가톨릭교, 이슬람교 등이 대표적인 종교라 하셨다.

오늘은 불교에 대해서 몇 가지 말하고 싶다. 우리나라에도 부처님의 말씀과 행동을 따르고 수행하는 승려들이 많다고 한다. 승려들은 깨끗한 자연이 함께 하는 산속의 절에서 욕심을 억제하며 온갖 수행을 하고 있다. 그 중에는 수행이 힘들어 중간에 도망을 가는 경우도 있다고 한다. 80세에 세상을 떠날 때 불로 자신의 몸을 태우도록 하여 온갖 수행의 결과인 사리구슬을 나오게 하셨다고 한다.

나는 어려서 부처님을 잘 모르지만 은석에 전학을 온 후 자주 얘기를 듣고 있다. 노력해서 부처님처럼 훌륭한 사람이 되고 싶다.

나는 연화어린이

서울은석초등학교 2학년
박 시 진

우리 학교는 연화법회를 한다. 그래서 부처님에 대하여 배우고 있다. 우리는 일단 찬불가를 부르고, 스님 목탁에 맞춰 제일 긴 '반야심경' 을 외운다. 그것은 노래가 아니라 불경의 한 종류인데 평소에 우리가 쓰는 말은 아니다. 그래서 좀 외국어 같기도 하고, 좀 어렵게 느껴진다. 그리고 스님이 들려주시는 부처님의 일생과 어떻게 깨달음을 얻으셨는지 알려주시는 이야기이다. 우리들은 그 이야기를 들으면 떠드는 것도 다 멈추고 눈이 초롱초롱해진다. 나는 그 이야기를 들으면 너무 재미있어서 계속 듣고 싶어진다.

나는 스님이 들려주신 이야기 내용 중 제일 기억에 남는 것은 부처님이 고통스럽게 수행을 하다가 이제야 고통스럽게 하지 않고 깔끔하게 수행을 해야 되는 것을 알고 목욕을 다시 하고 소녀가 주는 우유죽을 먹고 수행을 시작했다는 부분이다. 나도 열심히 노력해서 부처님의 자비로운 마음을 배워야겠다. 내가 3학년이 되어도 계속 연화법회를 하고 싶다.

마음을 씻어주는 이야기

서울은석초등학교 3학년
김 서 연

친구랑 말다툼을 하고 기분이 무척 상한 채로 연화법당으로 갔다. 나는 내가 잘못이 하나도 없다고 생각했다. 살짝 뒤돌아보니 친구가 쿵쾅쿵쾅 발소리를 내며 교실로 들어가고 있었다.

연화법당에 가보니 아이들이 모여서 떠들고 있었다. 자리에 앉고 3분도 채 지나지 않아 법회가 시작되었다. 삼귀의와 어린이집회가를 끝내고 참선에 들었다. 차분히 생각을 하고 있으니 기분이 조금 나아졌다. 내가 잘못했다는 생각을 하려던 찰나에 참선이 끝나고 말았다. 10분쯤 지나 스님께서 부처님의 일생을 말씀해 주셨다. 마음을 비우고 다시 법회에 집중했다.

부처님께서 하신 일을 생각하니 나는 내가 별 것 아닌 사소한 일로 싸운 것을 알게 되었다. 흙탕물이라도 연꽃이 피면 아름답듯 내 마음도 깨끗이 씻겼다. 그리고 내 마음속에서 빛을 은은하게 비추었다. 스님의 이야기는 마치 흙탕물 속의 연꽃처럼 내 마음을 깨끗이 씻어주고 어루만져 주었다.

부처님의 미소

서울은석초등학교 3학년
김 규 리

"거룩한 부처님께 귀의합니다. 거룩한 가르침에 귀의합니다. 거룩한 스님들께 귀의합니다."

우리 학교 애국조회 시간이면 들려오는 삼귀의 노래이다. 선생님과 우리들은 모두 손을 합장하고 삼귀의와 사홍서원 노래를 부른다. 뜻을 잘 알지는 못하지만 이 노래를 부를 때에는 장난을 치던 아이들도 모두 조용해진다.

지난번에 경주에 간 적이 있다. 그곳에는 옛날 신라시대 사람들의 모습을 볼 수 있는 것들이 많았다. 그 중 불국사에 갔을 때 부처님을 보았다. 어느 곳에서든지 부처님의 얼굴을 보고 있으면 마음이 차분해진다. 짜증나는 일도 금방 잊어버리게 된다.

부처님의 얼굴은 우리에게 욕심을 부리지 말라고 하시는 것 같다. 욕심을 부리면 싸움도 하게 되고 화가 나기도 한다.

'맛있는 음식을 내가 더 많이 먹어야지. 재미있는 장난감을 내가 더 많이 가져야지. 게임을 내가 더 많이 해야지.' 하는 욕심을 부리다 보면 싸움도 하고 엄마께 야단을 맞게 되기도 한다. 그러면 화가 나고 기분이 나빠진다. 그런데 이런 욕심을 부리지 않고 양보하면 처음에는 아까운 것 같아도 나중에는 기분이 좋아진다. 그리고 엄마께 칭찬을 듣는다.

부처님의 얼굴에는 화난 모습이 없다. 항상 웃는 얼굴이시다. 그래서 우리를 편안하게 한다. 내가 화가 나고 짜증이 날 때 항상 부처님의 얼굴을 생각하고 웃는 얼굴로 생활해야겠다.

연화가족 사찰순례

서울은석초등학교 3학년
이 효 진

오늘은 학교를 안 가는 토요일. 우리 가족이 사찰순례 가는 날이다. 아! 작년에는 아빠께서 같이 가셨는데 올해는 아빠께서 안 가셔서 너무 서운했다. 교복을 단정히 차려입고 늦었지만 경기도의 동원정사로 갔다.

가는 사이에 차 안에서 작은 법회가 있었는데 선생님께서 마이크를 주시고 난 반야심경을 모두들 앞에서 외워 불렀다.

동원정사라는 절을 보면 부처님의 모습이 생각난다. 아빠도 생각난다. 왜냐하면 아빠 귀는 큰 부처님 귀이기 때문이다.

법회시간이 되었다. 큰스님의 법문은 작년보다 더 재미있고, 우리, 또 나에게 많은 깨달음을 주신 것 같다.

특히 큰스님께서 밭을 만들고 그 밭을 팔아서 그 돈으로 나쁜 밭을 사서 남은 돈으로 일꾼을 사서 월급도 주어서 그 산의 밭이 좋은 밭이 되었는데 큰스님께서 사람들이 농작물을 훔쳐가도 가만히 두셨다. 그리곤 이렇게 말씀하셨다.

"부처님이란 다른 사람에게 받는 것이 아니라 다른 사람에게 무엇이든 줄 수 있는 사람이 바로 부처님이란다."

큰스님의 법문 중 아침, 점심, 저녁마다 '석가모니 부처님' 하고 말하는 것이 있다. 짧은 시간이었지만 큰스님의 법문은 정말 재미있고 기억에 많이 남았다.

'스님께서 말씀하신 것을 실천할 수 있도록 노력해야지!'

비록 학교를 안 가는 토요일이어서 다들 신나게 놀고 있는데 나는 일찍부터 부처님을 보고 와서 놀지는 못했지만 친구들보다 더 많은 것을 깨달은 것 같았다.

저녁에는 엄마, 나, 정수 모두 '석가모니 부처님' 이라고 말하며 잠자리에 들었다.

절의 고요함

서울은석초등학교 5학년
임 가 희

아마 누구나 한번쯤은 절에 가보았을 것이다. 그러나 천주교 등 예수님을 믿는 사람들은 학교 행사에서만 가 보았을 것이다.

절을 다니는 몇 명의 사람들은 알겠지만 그렇지 못한 사람들은 절의 고요함을 느껴보지 못했을 것이다.

산을 자주 가는 사람들은 알겠지만 평일에는 몇 명의 사람들밖에 없어서 바람이 풍경(절에 달린 물고기종 이름)을 살짝 치면 풍경은 조용하고 부드러운 소리를 내며 '딸랑' 하고 소리를 낸다. 모든 사람들이 조용히 하고 귀를 기울이면 누구에게나 잘 들리는 소리이다.

절에서 눈을 감고 조용히 있으면 정말 내가 자연과 하나가 된 듯 날 듯한 꽃향기, 하늘에서 조용히 떠다니는 구름처럼 하늘을 나는 듯하다. 그러고 나서 절 안으로 들어오다 보면 조금씩 조금씩 향불 냄새가 난다. 그리고 부처님께 삼배를 한 뒤 가만히 뒤를 돌아보면 정말 멋진 수풀이 보이고, 입가에 저절로 웃음을 짓게 만든다.

정말 이런 휴식을 취할 수 있는 곳이 있어서 고맙고, 이런 멋진 환경을 보고 마음속에 담아놓을 수 있다는 그 자체 모든 것이 고맙다. 절의 손님은 과연 누굴까? 바로 다람쥐이다. 산에서 많이 볼 수 있는 것이 다람쥐이다. 아무 때나 다람쥐를 볼 수 있지만, 그 중에서도 가을에 가장 많이 볼 수 있다. 볼 주머니에 먹이를 물고 가는 모습이 어찌나 귀엽던지……

마지막으로 절에서 꼭 볼 수 있는 약수터의 약수이다. 한 모금만 마셔도 힘들던 산행길이 즐거워진다.

부처님은 인자한 웃음으로 우리를 지켜보신다. 부처님께서는 마음에 있는 모든 의심, 나쁜 마음들을 버리면 부처님의 인자하신 미소가 더 환해지고 마음이 깃털처럼 가벼운 아주 많은 것을 깨달은 사람이 될 것이다.

불국사에 간 날

서울유석초등학교 6학년
최 호 용

오늘은 학교에서 불국사에 갔다. 나는 내 종교가 천주교라서 맨 처음에는 불국사 가는 것을 꺼려했다. 하지만 불국사에 가보니 내 생각이 틀렸다는 것을 알았다.

나는 이 불국사에 오면서 짜증도 내고 온갖 거부반응을 보였다. 그런데 부처님은 불교를 욕하고 짜증내었던 나에게 환한 미소로 답해주셨다. 알고 보니 부처님은 나뿐만 아니라 이 세상 사람들 모두에게 환한 미소를 보내주고 계셨다. 나는 비록 천주교이긴 하지만 나중에 시간이 남는다면 곡 다시 한 번 불국사에 오고 싶다고 생각했다.

2008년 제25회 입상작품

- **아동시부 대상**
  비오는 백담사
  대구 동성초등학교 3학년 신동호
- **아동시부 금상**
  부처님
  서울 유석초등학교 1학년 전수환
  부처님 오신 날
  경북 홍해초등학교 4학년 김동준
- **아동시부 은상**
  우리 스님
  서울 은석초등학교 2학년 원지윤
  부처님
  서울 유석초등학교 3학년 장승아
  절
  경북 홍해초등학교 3학년 황수빈
- **아동시부 동상**
  절간 소리
  서울 유석초등학교 1학년 심수현
  연 등
  서울 은석초등학교 1학년 이현수
  목탁소리
  서울 은석초등학교 2학년 정재현
  연 꽃
  서울 은석초등학교 2학년 김주현
  부처님오신 날
  서울 은석초등학교 4학년 윤시연
- **줄글부 대상**
  나는 스님이 될 거에요
  서울 은석초등학교 2학년 최민재
- **줄글부 금상**
  나는 불교가 좋아요
  서울 은석초등학교 2학년 김민아
  불교
  경북 홍해초등학교 3학년 강연호
- **줄글부 은상**
  부처님오신 날
  경북 홍해초등학교 1학년 김민주
  불교는 또 다른 선생님
  서울 유석초등학교 1학년 배건우
  도선사 절
  서울 은석초등학교 2학년 서정인
- **줄글부 동상**
  연화법회 시간
  서울 은석초등학교 1학년 이건우
  종교에 대하여
  경북 홍해초등학교 1학년 윤진성
  도선사를 다녀와서
  서울 은석초등학교 2학년 민경민
  절
  경북 홍해초등학교 3학년 이승호
  운문사 사리암
  경북 홍해초등학교 4학년 박현우

비오는 백담사

대구동성초등학교 3학년
신 동 호

비오는 날
백담사는
아름답다.

안개가 낀 것처럼
뿌옇기도 하고
이슬이 맺힌 것처럼
반짝이기도 한다.

백담사 아래에는
크고 작은 돌탑들이
가득하다.

사람들이 간절한 마음으로
쌓아서인지
흐르는 물속에서도
무너지지 않는다.

해질 무렵의
백담사는
아름답다.

붉은 노을이 비치는
백담사의 모습은
내 마음에
아름다운 기념품으로 남았다.

아동시부 금상

부처님

서울유석초등학교 1학년
전 수 환

산사에 있는 부처님
연꽃 속에 피어있는 부처님
법당 안에 있는 부처님

온 세상에
온 신도들에게
멈추지 않는 미소를 짓고 계시네.

산사에 맴도는 목탁소리
연못 속에 머무는 목탁소리
법당 안을 휘감는 목탁소리

온 세상에
온 신도들에게
멈추지 않는 자비를 짓고 계시네.

부처님 오신 날

경북흥해초등학교 4학년
김 동 준

부처님 오신 날은 나의 축제
와아 부처님 오신다.
부처님은 빙그레 웃으신다.

부처님 오신 날은 나의 명절
나는 빙그레 웃는다.
부처님은 살며시 내게 오신다.

부처님 오신 날은 나의 힘
나는 불끈 힘을 낸다.
부처님은 살며시 나를 안아주신다.

부처님 오신 날은 축하할 일
나는 아낌없이 절을 하며 축하하네.
부처님은 말없이 쓰다듬어 주네.

부처님은 우리들을 사랑하시네.

우리 스님

서울은석초등학교 2학년
원 지 윤

우리 스님은
척척 박사!
아시는 게
너무 많아요.

우리 스님은
만들기 박사!
무엇이든
잘 만들어요.

우리 스님은
이야기 선생님!
부처님 이야기를
많이 들려주세요.

우리 스님은
사랑하는 엄마!
부드러운 미소를
짓고 있어요.

우리 스님은
자비로워요!
부처님이랑
꼭 닮았어요.

부처님

서울유석초등학교 3학년
장 승 아

부처님은
우리가 하는 일을 모두 보시지.

나쁜 일 좋은 일
다 보고 계시지요.

나쁜 일을 하면
인상을 찌푸리고

착한 일을 하면
환하게 웃으시고

부처님은
우리를 지켜보시네.

절

경북흥해초등학교 3학년
황　수　빈

내가 절에 가려고 산길을 오르면
부처님이 '어서 오너라' 하고 반겨주지.

내가 절에 가서 소원을 빌면
부처님이 꼭 '니 소원을 들어줄게 수빈아' 라고 말해주지.

내가 절에서 소원을 빌고 나올 때면
부처님이 '잘 가거라, 수빈아' 라고 배웅 나와 주시지.

부처님을 믿으면
안 들리는 부처님의 목소리도 들을 수 있네.

아동시부 동상

절간 소리

서울유석초등학교 1학년
심 수 현

또르륵 통통 또르륵 통통
새벽 여는 큰스님 목탁소리

타다닥 탁탁 타다닥 탁탁
공양 짓는 아궁이 장작 타는 소리

차알싹 잉잉 차알싹 잉잉
동자스님 게으름에 큰스님 종아리 치는 소리

딸랑 창창 딸랑 창창
관세음보살 관세음보살

가을 단풍처럼 골고루 세상 밝혀주라고
풍경소리 울리는 절간 큰스님 염불하시는 소리.

연 등

서울은석초등학교 1학년
이 현 수

도봉산에 올라가다 보니
조그마한 절에
빨강, 노랑, 초록 연등이
신호등처럼 반짝인다.
바람에 흔들리는 연등
밤에 보면 더 아름답게
절을 꾸민다.
달님도 예쁜 연등을
부러워하겠지?

목탁소리

서울은석초등학교 2학년
정 재 현

목탁소리가 탁탁탁
마음이 편해지는 소리

목탁소리가 톡톡톡
마음이 가벼워지는 소리

목탁소리가 똑똑똑
마음이 넓어지는 소리

스님이 탁탁탁, 톡톡톡, 똑똑똑
리듬에 맞추어 목탁을 두드리시네.

우리는 리듬에 맞추어
부처님께 노래를 불러드리네.

두드릴 때마다 목탁은
재미있는 소리가 나네.
목탁의 아름다운 소리.

연 꽃

서울은석초등학교 2학년
김 주 현

우리 절 연못의
분홍, 노랑, 하양……

살랑살랑 바람이
불 때는 한들한들
춤을 추네.

물속에 비치는 그림자도
함께 춤을 추네.

아침에 연꽃을
찾아오는 이슬이 반짝

밤에는 별이
반짝.

부처님오신 날

서울은석초등학교 4학년
윤 시 연

드르륵 문을 열고 삼배하니
부처님이 미소로 반겨주시네.
나도 부처님께 미소 지으며
연꽃잎 붙이고 빨간 등, 노란 등
오색등을 만들었네.

법당 안은 알록달록
내 마음을 기쁘게 하네.
부처님의 탄신을 축하드리며
마음의 촛불을 켜듯이
예쁜 연등을 만들었다네.

줄글부 대상

나는 스님이 될 거에요

서울은석초등학교 2학년
최 민 재

나는 이 다음에 꼭 스님이 되려고 한다. 그래서 절에 열심히 다닌다. 내가 다니는 절, 홍국사는 고양시 한미산에 자리하고 있는 절인데 산이 나지막하고, 나무들이 굉장히 울창한 곳이다. 참나무, 밤나무, 소나무 등이 제멋대로 우거져 있고 꿩, 쑥국새, 까치, 까마귀 등이 장단이라도 맞추는 듯 울어대고, 절을 감싸고 있는 산은 마치 병풍을 쳐놓은 듯하다.

홍국사 입구에 일주문이 있다. 두 손 합장하고 삼배의 예를 올리고, 한참을 들어가면 범종이 보이고, 대웅전이 바로 보인 곳이다. 대웅전 처마 끝마다 매달린 풍경은 땡그랑, 땡그랑 소리를 낸다.

나는 다섯 살 때부터 할머니 따라 홍국사에 다니기 시작했다. 그해 3월 말, 홍국사 주지스님과 인연이 되어 5계의 수계를 받고, 삭발을 했다. 동자스님으로서 부처님께 예를 올렸다. 그 후 나는 5년 동안 계속 동자승이 되었다.

일곱 살 되던 해부터 나는 영산재작법 공부를 시작했다. 바라춤, 나비춤, 향화게, 다계 등을 인간문화재 50호이신 한동희 스님한테 배우고 있다. 매주 금요일이면 학교에서 곧장 돈암동에 있는 자인사로 다니면서 열심히 배우고 있다. 나도 인간문화재 스님처럼 우리나라 영산재 최

고의 스님이 되고 싶다.

나는 연꽃을 좋아한다. 더럽고 지저분한 흙탕물 속에서도 화려하고 예쁘게 피는 연꽃을 너무 좋아한다. 우리 절에도 해마다 연꽃이 많이 핀다. 나도 연꽃처럼 항상 예쁘고 좋은 향내 나는 부처님의 제자가 되어서 많은 사람들에게 좋은 가르침을 주고, 바르게 사는 법을 가르치고 싶다.

그래서 열심히 절에 다니며 큰스님의 법문을 듣고, 하나하나를 배워가며 108배 절을 한다.

나무 석가모니불, 나무 석가모니불, 나무시아본사 석가모니불.

줄글부 금상

나는 불교가 좋아요

서울은석초등학교 2학년
김 민 아

우리 학교에서는 매주 토요일 연화법회를 연다. 나는 매주 연화법회에 참석한다. 스님께 들은 이야기들은 참 재미있다. 스님이 들려주신 이야기 중 하나는 이렇다.

싯다르타는 출가를 하려고 했다. 그래서 군사들에게 성을 지키라고 했다. 2월 8일 잔치를 열고난 후 사람들이 다 잠든 틈을 타서 출가를 했다. 성을 넘는 순간 아내가 아들을 낳았다는 소식을 듣고 장애구나 해서 태자의 이름이 라훌라가 되었다. 왕자로 태어나 풍요롭게 살 수 있었는데 생로병사 때문에 인생이 행복할 수 없어서 출가를 했다. 그런 싯다르타가 이상하기도 하고 정말 좋은 사람 같기도 하다.

우리 선생님도 이야기 해 주셨다. 지옥에 대한 이야기다. 부처님의 사촌동생이 어렸을 때는 착했지만 커가면서 나빠졌다. 그래서 하루는 좋은 곳에서 살 수 있었고, 다음부터는 지옥에서 살게 되었다.

부글부글 끓는 기름탕도 있고, 칼산 지옥 등 많은 게 있다. 너무 끔찍하다. 착한 일만 해서 천당에 가고 싶다. 그리고 지옥은 절대 가기 싫다. 지난 여름방학 때 선운사에 가서 부처님께 절을 하면서 빌었던 내용은 '우리 가족이 오래오래 행복하게 살았으면 좋겠다' 라는 것이다. 꼭 이루어졌으면 좋겠다.

어린이 오계 중에 '친구와 싸우지 말자' 라는 게 있는데 그것은 내가 생각해도 잘 지킬 수 있을 것 같다. 나는 이렇게 재미있고 여러 가지 가르침을 주는 불교가 참 좋다.

불 교

경북흥해초등학교 3학년
강 연 호

불교는 부처님을 모시는 것이다. 불교라고 하면 흔히 고타마 싯달타(석가여래)를 떠올리곤 합니다.

우리 불교의 유명한 이야기는 달마대사 이야기입니다. 달마대사는 옛 중국 때 살아계셨던 분입니다. 그분은 무려 5년 동안 면벽참선을 하였는데 어느 날 '혜가' 라는 달마대사님을 찾아왔지만 달마대사님은 묵묵부답이었습니다.

그러던 며칠 뒤 달마대사님이 왜 자신을 찾아왔냐고 물었습니다. 그러자 혜가는 법을 구하기 위함입니다라고 하였습니다.

그러나 달마대사는 그런 얄팍한 생각으로 지혜를 얻고자 하느냐고 불호령이 떨어지니 혜가는 팔에서 골수를 뽑아 스님이 되고 많은 중생을 도왔지만 간신배의 모함으로 효수되고 말았습니다.

따라서 불교는 중국에서 전해졌다고 합니다. 전해오는 삼국지처럼 오래된 시대에는 석가모니 노사나불, 미륵불, 장군보살, 천수안관음보살, 염라대왕 등 이 외에 다른 스님들도 업적을 많이 만드셨습니다. 나는 훌륭한 스님들을 만나기 위해 산에 갈 때마다 절에 갑니다.

부처님오신 날

경북흥해초등학교 1학년
김 민 주

나는 부처님 오신 날에 가족들과 함께 절에 갔다. 들어가는 입구에는 예쁜 연꽃등들이 주렁주렁 걸려 있었다. 법당에 들어가서 부모님과 같이 부처님을 보고 두 손을 모아 절을 하였다. 처음에는 들어가기만 해도 무서웠는데 이제는 너무 좋다. 부처님이 할아버지처럼 느껴졌다.

절에는 사람들이 너무 많아서 시끄러웠다. 언니랑 바깥에서 뛰어놀기도 하였는데 스님들이 지나가면서 예쁘다고 머리를 쓰다듬어 주셨다. 그런데 스님들은 왜 머리가 짧은지 궁금했다.

얼마 전에는 엄마를 따라 성지순례를 갔었다. 버스 안에서 반야심경이라는 것을 부르는데 재미있었다. 언니랑 나도 같이 따라 불렀다. 이제는 할머니를 따라 절에 가도 무섭지 않고 절도 잘한다.

불교는 또 다른 선생님

서울유석초등학교 1학년
배 건 우

나는 불교를 믿습니다. 건우를 낳고부터 어머니를 따라서 절에 다니기 시작했습니다. 절에 가면 왠지 마음이 평온해지는 것을 느꼈습니다.

종교는 우리에게 어떤 의미일까요? 모두의 생각이 서로 다르듯이 종교 역시 모두가 조금은 다르겠지요? 나에게 불교는 혼자 사는 종교가 아니라 모든 사람이 더불어 함께 사는 종교라 생각합니다. 다른 종교와 달리 인간과 더불어 모든 살아있는 생명까지도 우리와 함께 하고 있다는 생각을 늘 갖게 하고, 또 그런 마음으로 세상을 보고 살아갈 수 있게 해주는 것입니다.

나에게 불교란 우리가 어떤 마음의 자세를 가지고 살아가야 하는가 하는 것을 가르쳐주는 또 다른 선생님입니다.

불교는 마음과 정신적인 내적 심성을 닦고 실천하도록 이끄는 종교입니다. 부처님의 가르침처럼 나만이 아니라 우리 모두를 생각하는 가르침을 실천하여 우리 모두가 지금보다 조금 더 행복했으면 합니다.

여러분 곁에 늘 부처님이 함께 하시기를……

도선사 절

서울은석초등학교 2학년
서 정 인

우리는 할머니를 따라 절에 갔었다. 제일 먼저 법당에 가서 절을 하고 나는 절을 구경했다. 동전을 던져 돌로 만든 스님이 들고 있는 돌그릇에 동전이 들어가면 소원이 이루어진다고 했다. 그래서 나는 몇 번이나 소원을 빌며 동전을 던졌다. 또 용 비석에 돈을 올려놓았다. 그리고 굴로 만든 법당에 들어가서 초를 켜고, 불전도 넣고, 절을 했다.

그리고 다른 곳에는 돌아가신 분들을 모셔놓는 곳이 있었는데 그곳에 박정희 대통령 할아버지의 사진도 있었다. 도선사 절은 아주 넓고 아름다운 곳이었다. 그리고 스님의 목탁소리와 염불소리는 정말 좋다. 나는 스님이 좋다.

그리고 우리는 밥을 주는 식당으로 갔다. 거기는 절에 오는 사람은 누구나 밥을 먹을 수 있다. 식판을 들고 내가 먹을 만큼만 퍼서 먹고, 그릇도 내가 씻어서 놓는 거다. 할머니와 엄마는 맛있다고 했지만 나는 별로였다. 절을 나오는 길은 나무도 많고 정말 멋있었다. 부처님께 내 소원이 이루어지게 해달라고 다시 한 번 합장을 하고, 마음속으로 빌며 차를 타고 집으로 왔다. 나는 부처님이 너무너무 좋다.

줄글부 동상

연화법회 시간

서울은석초등학교 1학년
이 건 우

나는 토요일마다 학교에서 연화법회에 간다.

법당에서는 줄을 잘 맞추어서 앉아야 한다.

법당에는 큰 부처님과 아기 부처님이 있다.

부처님은 귀가 크시고 연꽃을 너무 좋아하신다.

아기 부처님은 귀엽게 생기셨다.

연화법회 시간에 아기 부처님을 목욕시킨 적도 있다. 조그만 바가지로 물을 떠서 비누 없이 살짝살짝 쏟았다.

연화법회 시간에는 부처님 말씀과 스님 말씀을 잘 들어야 한다.

스님이 찬불가를 부르라고 하면 큰 소리로 불러야 된다.

스님은 좋은 이야기를 많이 해 주신다. '은혜 갚은 꿩' 이야기가 가장 기억에 남는다.

연화법회가 끝나면 맛있는 간식을 준다.

연화법회 시간이 너무 재미있다.

종교에 대하여

경북흥해초등학교 1학년
윤 진 성

우리 집 종교는 불교다.

엄마는 한 달에 한 번씩 절에 다니신다.

절에 가면 엄마의 마음이 편안해지시고 부처님께 소원을 빈다고 하신다.

우리 가족 건강과 아빠 하시는 일이 잘 되게 도와달라며 절을 하신다.

엄마는 부처님이 많은 의지가 된다고 말씀하셨다.

난 엄마와 같이 절에 가본 적은 있지만 그냥 부처님만 바라보았을 뿐 아무런 느낌이 없었다.

엄마께서는 우리나라에 종교는 여러 개의 종교가 있다고 하신다.

그 중에서 어느 종교를 믿든지 마음가짐이 중요하다고 말씀하셨다.

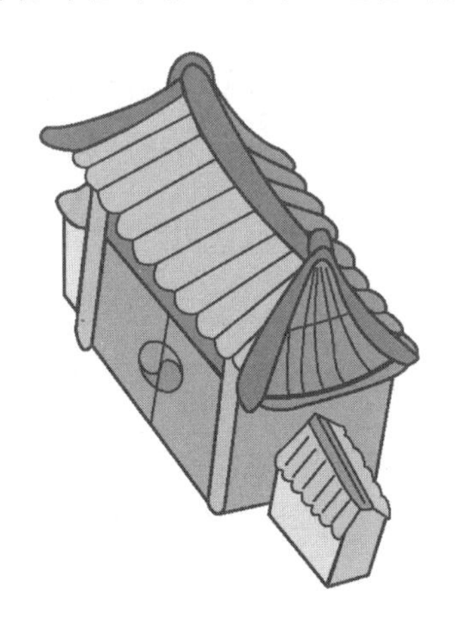

도선사를 다녀와서

서울은석초등학교 2학년
민 경 민

지난 일요일에 엄마, 아빠와 함께 북한산에 있는 도선사에 다녀왔다. 큰아빠께서 등산을 가셨다가 도선사에 들른 적이 있는데 참 좋으니 한 번 가보라고 아빠께 말씀하셨다고 하신다.

우리 집은 무교이지만 여행을 갔다가도 절이 있으면 그냥 지나치지 않고 꼭 절을 둘러본다. 그래서 지난 일요일에 맑은 공기도 마시고 산책도 하려고 일부러 도선사를 찾아가 보았다.

도선사 가는 길은 흙길이 아니고 아스팔트길이었다. 하지만 고개가 구불구불해서 차를 타도 올라가기가 힘들었다. 부처님 만나기가 참 어려웠다.

도선사에 도착해서 절 안으로 들어갔다. 절 안에는 아주 커다란 대웅전이 있었다. 그 안에 부처님 불상이 있었다. 마당에서 부처님 불상을 보면서 학교에서 배운 것처럼 합장예배를 했다. 그런데 법당 안에는 들어가지 못했다. 일요일이라 사람들도 많았고 들어가서 어떻게 절을 해야 하는지 몰라서 그냥 합장 예배만 하고 절을 둘러보았다. 이럴 줄 알았다면 학교에서 하는 연화회에 들어가서 불교예절에 대해 미리 배웠으면 좋았을 텐데…….

대웅전에 올라가는 계단 옆에는 '포대화상' 이 있었다. 그 모습이 너무 귀여웠다. 포대화상의 배꼽을 만지며 아랫배를 왼쪽에서 오른쪽으로 세 번 돌리면서 포대화상이 크게 웃을 때 함께 따라 웃으면 무병, 장수, 부귀의 세 가지 복이 생긴다고 써 있었다. 그래서 나도 배꼽을 만지면서 포대화상처럼 크게 활짝 웃었다. 그런데 다른 사람들도 나처럼 소원을 빌었는지 배꼽 주변이 까맣게 때가 묻어 있었다.

나는 절의 구석구석을 돌아보면서 부처님을 믿는 사람들이 이렇게 많은 줄 몰랐다. 그래서 부처님에 대해 궁금한 것들이 아주 많아졌다. 3학년이 되면 연화회에 들어가서 부처님에 대해 자세히 공부를 해보고 싶다.

절

경북흥해초등학교 3학년
이 승 호

우리 가족은 절에 다녀서 절의 행동을 알고 있다. 절에는 할머니가 계셨다. 할머니께선 부처님을 믿고 계시다.

우리의 아버지께서도 믿고 계시다. 나도 아버지께서 부처님을 믿으라고 하셔서 믿고 있다. 그리고 할머니께서는 '나무아미타불' 하고 힘드실 때 그 말을 하시고 절에 가셔서도 그 말을 하신다.

운문사 사리암

경북흥해초등학교 4학년
박 현 우

어제 나는 운문사 사리암에 갔다. 운문사 가는 길에 나는 운문댐을 보았다. 운문댐을 도는 데에는 30분이나 걸렸다. 요즘 비가 안 와서 운문댐의 물이 많이 줄어들었다. 우리 할아버지는 운문사 회원이기 때문에 무료로 들어갔다. 나는 운문산의 물을 보았는데 거기서 사람들이 발을 씻고 놀고 있었다.

'운문사의 물에는 들어가서 놀면 안 되는데……'

나는 할아버지가 빨리 오라고 해서 할머니와 할아버지와 동생이랑 같이 산에 올라가는데 도토리가 있어서 도토리를 주웠다.

돌계단을 올라가는데 옆에서 무언가 스르르 움직였다. 그것을 보고 깜짝 놀랐다. 바로 뱀이었다. 뒤에서 오는 아저씨가 이 뱀은 독사라며 뱀한테 돌을 던졌다. 다행히 그 뱀은 새끼 독사여서 안심하고 그냥 지나갔다.

절에 도착했을 때 나는 먼저 절 50번을 했다. 그 다음에 도토리를 주웠다. 절에는 도토리가 많았다. 나는 주머니를 도토리로 가득 채웠다.

그런데 동생은 절을 하지 않았다. 할아버지와 할머니는 절 108번을 하시고 기도를 하셨다. 기도가 끝나고 우리는 내려갔다. 내려갈 때 나무막대기를 지팡이 용도로 사용해서 갔다. 내려갈 때에는 경사가 급해서이다.

주차장에 도착하였을 때 할아버지가 음료수를 사 주셨다. 그리고 차에 타고 출발하였다. 갈 때에도 운문댐을 보았다. 운문댐의 물은 참 깨끗하였다. 과자를 먹으며 이렇게 생각했다. 운문댐의 물이 깨끗하여 나의 마음도 깨끗해야겠다고 생각하였다.

나는 목이 말라서 운문사에서 떠 온 물을 마셨다. 그리고는 스르르 잠이 들었다. 내가 잠에서 깨어보니 벌써 도착하였다. 2시에 가서 7시 30분에 도착하였다. 내가 주운 도토리의 수는 정말 행복하고 두 가지 다짐이 생겼다. 바로 나의 마음을 깨끗이 만들자, 절에 꾸준히 다니자.

2009년 제26회 입상작품

- **아동시부 대상**

불교란

서울 은석초등학교 5학년 고다현

- **아동시부 금상**

절에는

서울 은석초등학교 1학년 고은빈

절 구경

경북 영주 물야초등학교 2학년 안현체

- **아동시부 은상**

월해사의 수련회

경남 마산 삼계초등학교 1학년 최동민

전등사에서

서울 유석초등학교 4학년 박상원

부처님

강릉 남강초등학교 5학년 김유진

연등

강릉 포남초등학교 6학년 김유영

- **아동시부 동상**

스님의 소리

서울 유석초등학교 1학년 김은주

구인사

경북 영주 물야초등학교 2학년 안영애

에밀레종

서울 유석초등학교 2학년 정주이

부처님

서울 은석초등학교 3학년 지승도

내 마음의 부처님

서울 은석초등학교 3학년 채민형

우리 부처님

서울 은석초등학교 4학년 이해인

우리들의 부처님

서울 유석초등학교 4학년 윤채서

까까머리 동자승

서울 동산초등학교 5학년 임유진

- **줄글부 대상**

월해사의 수련회

경남 마산 삼계초등학교 4학년 최민동

- **줄글부 금상**

전등사를 다녀와서

서울 유석초등학교 2학년 이예원

이차돈의 순교

서울 유석초등학교 4학년 박정훈

- **줄글부 은상**

안성 동덕사

서울 유석초등학교 2학년 전수환

석굴암

서울 유석초등학교 4학년 이홍주

웅곡사에서

경남 함안 가야초등학교 5학년 정호정

할머니의 기도

경남 함안 가야초등학교 5학년 안혜성

- **줄글부 동상**

내 마음의 부처님

서울 은석초등학교 1학년 이효진

계조암

서울 유석초등학교 2학년 김요한

여름여행

서울유석초등학교 2학년 유차리

송림사에서

대구 동성초등학교 3학년 신서연

봉선사와 똘똘이

서울 은석초등학교 3학년 홍석빈

불국사 돌부처

서울 동산초등학교 3학년 강다솔

절에 가서

서울 마포초등학교 3학년 김형수

현장체험학습

전남 영강초등학교 4학년 양현지

아동시부 대상

불교란

서울은석초등학교 5학년
고 다 현

불교란 내 마음의 청소기다.
내 마음을 깨끗하게 해주니까.

불교란 맑고 맑은 샘물이다.
내 마음과 머리에 맑음을 넣어주니까.

불교란 백혈구다.
나쁜 병균과 악마가 들어왔을 때
멋지게 물리쳐주니까.

불교란 안내자다.
나의 나쁜 생각을 없애주고
바르고 깨끗한 길을 알려주니까.

불교란 내 인생의 빛이다.
내가 가야 할 길을 환히 밝혀준다.

아동시부 금상

절에는

서울은석초등학교 1학년
고 은 빈

절에는 자비로운 부처님이 있다.
절에는 우리가 존경하는 스님이 계신다.
절에는 다듬이 소리 같은 목탁소리가 있다.

절에는 정답게 울리는 종소리가 있다.
절에는 아름다운 찬불가가 있다.
절에는 곱게 핀 연꽃들이 있다.

절에는 부처님 말씀 따르는
착한 마음들이 있다.
절에는 선생님처럼
가르침을 주시는 따뜻함이 있다.

절 구경

경북영주물야초등학교 2학년
안 현 체

엄마 따라 절 구경 갔어요
절에는 예쁜 꽃들도 많고
절에는 스님들도 많아요.

부처님께 절을 할 때는
두 발, 두 손을 모으고
'공부 잘 하게 해주세요.'
소원을 빌었어요.

엄마는 108배를 하셨어요.
엄마 소원은 비밀이래요.
부처님!
꼭 엄마 소원 들어주세요.

줄글부 대상

월해사의 수련회

마산삼계초등학교 4학년
최 민 동

작년 여름, 사물놀이 선생님이 우리보고 불교어린이 하계수련회에 함께 가자고 하셨다. 아빠는 우리가 아직 어려서 무리라고 하셨지만, 불교신자이신 할머니와 엄마가 가도 된다고 하셔서 나와 동생은 짐을 꾸려 월해사로 떠났다.

월해사는 낙동강이 내려다뵈는 단감나무 과수원 꼭대기에 있었다.

스님이 반갑게 웃으시며 우리를 맞아주셨다. 우리도 스님께 합장으로 인사를 드리고 본격적인 수련회를 시작했다.

처음에는 월해사에서 마련한 흰색티셔츠와 잿물을 들인 바지를 입었다. 바짓단에서 사락사락 소리가 났다. 제일 먼저 시작한 수련회는 절하는 법을 배웠다. 절에서 하는 절은 삼배부터 시작하는데 세상 모든 만물의 죄를 닦는 108배까지 했다. 그러니까 2박 3일 동안 하루에 두 번씩 108배를 하는 거였다. 처음에는 무릎이 벗겨지고 쓰러질 것 같았다. 스님의 죽비 소리가 마치 염라대왕의 협박처럼 들리고 너무 빨리 진행하여서 정신이 없었다. 머리를 조아리는가 하면 "탁~" 하는 소리가 들려 얼른 일어나야 했다. 내 동생은 박자를 놓쳐서 제대로 절을 하지도 못했다. 그래도 유치원생이니까 봐주었지만 나는 내 자신이 부끄러워서 열심히 절을 했다. 절을 하면서 세상 만물의 죄를 사죄드리는 거라고 했지만, 사실 나는 89배, 90배, 91배 헤아린다고 죄를 빌기는커녕 숫자에만 정신이 팔려서 어서 108배가 끝나기만 기다리고 있었다.

처음에는 무척 힘들었지만 한 번, 두 번, 108배를 하고 나니까 내 자신이 대견스럽고 내가 석가님의 제자가 된 듯한 기분이 들었다.

천수경도 외우고 금강송도 독송했다. 어려운 인도말과 한자말이었지만, 우리는 정신을 똑바로 차리고 외우려고 노력했다.

그런데 제일 힘든 일은 해우소에 가는 일이었다. 절에서의 변소는 집과 달라서 재래식이었고 냄새가 지독했다. 선생님은 우리 몸속에는 변이 들어있고, 그 변이 제대로 배설되지 않으면 병이 생기므로 몸속의 걱정을 덜어내는 곳이라는 뜻에서 해우소라고 하셨다. 또 우리 몸속에서 나온 음식물 찌꺼기에서 지독한 냄새가 나는 것처럼 우리들의 마음속에서 악한 마음, 나쁜 마음을 먹으면 변보다 더 독하고 나쁜 것이 되어 다른 사람을 해치게 된다고도 하셨다.

아침 예불을 드리려고 새벽에 일어나야 했고, 저녁에는 일찍 잠자리에 들었다. 집에서 하는 생활보다 훨씬 빡빡하고 힘들었다. 늦잠도 잘 수 없고 TV와 컴퓨터도 할 수 없었다. 예불과 운동과 청소와 아침공양, 공부와 독경과 점심공양, 공부와 참선과 청소와 저녁예불과 공양, 이틀간 빡빡한 생활을 하고 마지막 날에는 낙동강으로 물놀이를 갔다. 이틀 동안 얼마나 기합이 들었는지 물놀이에도 절도와 예절이 들어 있었다.

마치기 전에 우리는 부모님께 드리는 편지를 썼다. 억겁의 인연이 쌓여 부부가 되었고, 그 인연으로 자식이 생긴단다. 우리는 수많은 인류 중에 부모와 자식이라는 인연으로 만나 서로 사랑하고 도우면서 살아간다. 스님의 그런 말씀을 기억하면서 부모님께 효도하는 아들이 되겠다는 다짐을 했다.

나는 불교어린이 수련회에서 많은 것을 알게 되었다.

첫째, 부모와 자식의 인연은 아주 특별하다는 것이다.

둘째, 석가모니의 가르침은 온 세상 만물의 모든 이치를 깨우친다.

셋째, 사람으로 태어나서 그냥 살아가는 게 아니라 잘 살아가야 한다.

넷째, 모든 것은 내 자신 속에 있다.

다섯째, 착하고 바른 마음으로 살아야 한다.

올해에도 월해사 여름수련회에 갔다. 작년처럼 꼭 같은 하루하루를 보냈다. 경험이 쌓여서인지 절하기도 한결 나았다. 그런데 내 마음속은 어떻게 변했는지 궁금하다. 올해도 기도를 하고 참선을 하고 교리를 배웠다. 작년처럼 부모님께 효도하겠다는 편지도 쓰고 수련회에서 배운 것들을 다시 정리도 해 보았다.

다행스럽게 나쁜 짓을 하지 않고 거짓말 하지 않고 1년을 보낸 것 같다. 사람은 항상 배우고 깨달음을 얻고 반성한다.

월해사의 여름수련회에서 느낀 마음을 버리지 말고 항상 자신을 반성하면서 살아가야겠다.

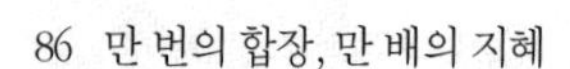

줄글부 금상

전등사를 다녀와서

서울유석초등학교 2학년
이 예 원

우리 가족은 해마다 사월 초파일 '부처님 오신 날' 이면 강화도에 있는 전등사로 등을 달러 간다.

해마다 내가 가면 전등사 넓은 뜰에는 진분홍 예쁜 연꽃들이 활짝 피어 나를 기다리고 반겨준다.

대웅전 안에서는 스님 한 분이 목탁을 두드리며 불경을 노래처럼 계속 외고 계신다. 내가 그 안을 들여다보면 한가운데는 온 몸에 금가루를 바른 부처님이 앉아계신다.

어릴 적에는 그런 부처님이 조금 무섭기도 했다.

그러나 지금의 부처님은 살포시 미소를 지으시며 나를 맞아주시는 것 같다.

전등사는 오랜 역사와 함께 절을 처음 지을 때의 슬픈 이야기를 담고 있다고 엄마가 내게 말씀해 주셨다. 그러나 자세한 이야기는 내가 더 크면 해주신다고 하였다.

내년에는 내가 조금 더 자랐으니까 그 이야기를 전등사 아래 찻집에서 따뜻한 차를 마시며 들을 수 있을까?

내년이 빨리 왔으면 좋겠다.

이차돈의 순교

서울유석초등학교 4학년
박 정 훈

불교 하면 가장 먼저 생각나는 사람이 이차돈이다. 이차돈은 신라 제 23대 법흥왕 때 사람이다. 법흥왕은 하루라도 빨리 서라벌에 절을 세우고 싶었다. 그 이유는 불교를 통해서 백성들의 마음을 한데 모아 나라를 안정시키려는 생각 때문이었다. 하지만 신하들은 법흥왕의 뜻을 헤아리지 못하고 나라 일을 걱정하면서도 절을 세우는 일에는 따르려 하지 않았다.

그런데 신하들 가운데 법흥왕의 마음을 헤아리는 신하가 있었다. 바로 이차돈이었다. 이차돈은 대나무처럼 곧은 절개와 거울처럼 맑은 마음을 가진 스물두 살의 젊은이였다. 이차돈은 사인이라는 낮은 벼슬자리에 있었지만 법흥왕 곁을 잠시도 떠나지 않고 가까이 모셨다.

그래서 법흥왕 얼굴만 보아도 무슨 생각을 하는지 알아차릴 정도였다. 이차돈은 법흥왕이 고민한다는 것을 알고 무슨 일이냐니까, 네가 나설 일이 아니라며 아무 말씀도 않으셨다. 하지만 이차돈은 계속 말씀을 드렸다.

"나라를 위해 몸을 희생하는 것은 신하로서의 절개이고, 임금을 위해 목숨을 바치는 것은 백성으로서의 도리이옵니다. 임금님의 말씀을 그릇되게 전했다는 죄로 저를 벌한다며 제 목을 베십시오. 그러면 모든 백성들이 임금님의 뜻을 따를 것입니다."

임금님은 그 말에 감동하여 이차돈의 뜻에 따르기로 했다.

다음 날 법흥왕은 이차돈이 말한 대로 임금의 명을 제대로 전하지 않은 죄라며 이차돈의 목을 베었다. 그러자 이차돈의 목에서 하얀 피가 하늘로 솟아올랐다. 그뿐만이 아니었다. 갑자기 사방이 캄캄해지고 땅이 마구 흔들리며 빗방울이 꽃처럼 나뿌끼며 떨어졌다.

이것을 본 신하들은 두려워서 땅바닥에 엎드렸다. 이어서 이상한 일이 계속해서 일어났다. 갑자기 샘물이 말라 물고기들이 파닥파닥 뛰었고, 멀쩡한 나무가 꺾끼고 원숭이들이 떼지어 울었다.

그 후로 사람들은 이차돈의 죽음을 기리며 절을 지었다. 그 절이 자추사이다. 이때부터 백성들은 모두 불교를 믿게 되었고, 그 이로움을 깊이 깨닫게 되었다.

나는 이차돈이 1000년에 한 번 태어날까말까 하는 충신이라고 생각한다.

이차돈이 왕을 한 번에 감동시킨 그 말에 나도 큰 감동을 받았다.

이차돈은 글짓기를 잘 하였을 것 같다. 왜냐하면 말 한 마디로 법흥왕을 감동시켰기 때문이다. 만약 내가 살고 있는 21세기에 이차돈이 있었다면 아마도 지금쯤 세계적으로 알려진 유명한 시인이 되었을지도 모르겠다.

이차돈의 목에서 하얀 피가 나온 것과 갑자기 샘물이 말라 고기들이 파닥파닥 뛴 것과 멀쩡하던 나무가 저절로 꺾기고 원숭이들이 떼를 지어 운 것은 정말 신기하다. 이런 일은 이차돈의 신념 때문에 일어난 것일 것이다. 그래서 난 이차돈을 너무 존경한다.

2010년 제27회 입상작품

- **아동시부 대상**

할머니의 염주

경남 함안 가야초등학교 5학년 백시진

- **아동시부 금상**

동자승

서울 은석초등학교 2학년 김찬우

엄마 따라

서울 덕암초등학교 6학년 김태훈

- **아동시부 은상**

연꽃 부처님

서울 은석초등학교 2학년 오수민

삼 배

서울 은석초등학교 4학년 김인교

황룡사 터

서울 은석초등학교 5학년 이유진

해인사에서

경남 마산 호계초등학교 6학년 강민진

- **아동시부 동상**

사람들은 참

광주 화정 남초등학교 1학년 양재황

내가 할 수 있는 것

서울 은석초등학교 1학년 정지원

똑 같아요

서울 은석초등학교 2학년 김채현

보여요

서울 은석초등학교 2학년 박선민

연꽃과 수련

경남 함안 가야초등학교 4학년 백규리

산에 오르며

경남 마산 호계초등학교 5학년 배예린

작은 연못

경남 함안 가야초등학교 5학년 윤지후

넓은 그릇

서울 은석초등학교 6학년 방규인

- **줄글부 대상**

벌레야, 미안해

서울 은석초등학교 6학년 이서현

- **줄글부 금상**

연잎에 마음을 담아

서울 은석초등학교 3학년 김이혁

미륵사지 석탑과 금산사

광주 유안초등학교 6학년 박수영

- **줄글부 은상**

하늘을 알게 해 준 신라의 첨성대

서울 공덕초등학교 3학년 강서영

구례 화엄사

광주 유안초등학교 3학년 강다정

불교의 도시 서라벌의 역사 속으로

서울 은석초등학교 5학년 차은서

마지막 연화 수련회를 다녀와서

서울 은석초등학교 6학년 김수혁

- **줄글부 동상**

부처님과의 인연

서울 은석초등학교 1학년 홍현서

안양사에 다녀와서

서울 은석초등학교 2학년 백주현

큰 슬픔의 다비식

서울 은석초등학교 2학년 박묘은

스님의 절 마술

서울 은석초등학교 2학년 채연수

덕수궁 이야기

서울 공덕초등학교 4학년 이진주

엄마의 입원

광주 유안초등학교 4학년 박요한

지금도 귓가에 들려오는
용문사의 범종 소리

서울 은석초등학교 4학년 민경민

할아버지 미소를 닮은 좌불상

서울 은석초등학교 4학년 김다빈

아동시부 대상

할머니의 염주

경남함안가야초등학교 5학년
백 시 진

우리 할머니 주머니는 볼록볼록
그 속에 염주가 꼭 들어있고
우리 할머니 팔뚝에는 동글동글
그 자리에 염주가 꼭 걸려 있다.

우리 할머니 속상하시면
"아이고, 부처님 살펴 주시이소!"
우리 할머니 기분 좋으시면
"아이고, 부처님 고맙습니다."

우리 할머니는 나에게
부처님 제자로 살라고
손에 염주를 들려주시지만
나는 핸드폰이 더 좋은 걸

법당에 가서
부처님 앞에서 절 올리면
내 잘못을 모두 알고 계시지만
빙그레 웃으시는 부처님

우리 할머니도 내 마음
다 아시지만 기다리십니다.
손녀가 할머니 마음 알아주길
참고 기다리고 계십니다.

아동시부 금상

동자승

서울은석초등학교 2학년
김 찬 우

동자 동자 아기동자
빡빡머리 아기동자

동글동글 맑은 눈
목탁을 두드릴 땐
스님 같은데

장난칠 땐 나와 똑같은
개구쟁이 동자스님.

엄마 따라

서울덕암초등학교 6학년
김 태 훈

절에 가면 법당의 부처님께
두 손 모아 합장하고
엄마 따라 절을 해요.

합장한 두 손 모양은
연꽃봉오리라고 해요
합장하고 절하는 것은
연꽃을 바치는 것이라 해요.

부처님께 연꽃을 바치며
스님들 불경소리 들으면
마음이 편안해져요.
목탁소리는 기분이 좋아요.

오늘도 엄마 따라
부처님 뵈오러 절에 가요.

아동시부 은상

연꽃 부처님

서울은석초등학교 2학년
오 수 민

부처님, 어서 오세요
하얀 연꽃, 빨간 연꽃 타고
어서 어서 오세요.

사월 초파일 부처님 오실 때
환한 꽃전등으로
부처님 오시는 길
밝혀 놓을 게요.

부처님,
저희들이 행복해지도록
저희들을 지켜주세요.
항상 그렇게 환한 얼굴로.

삼 배

서울은석초등학교 4학년
김 인 교

매일 이른 아침에
나는 우리 선생님과
부처님을 만난다.

일 배를 올린다.
나의 마음을 비운다.
침착하게 맑게

이 배를 올린다.
마음을 향내로 메꾼다.
거짓과 잘못 씻어지게

삼 배를 올린다.
마음에 편안함을 입힌다.
겸손하고 자신감 있게.

황룡사 터

서울은석초등학교 5학년
이 유 진

신라 서라벌 한가운데
불공드리러 오가는 사람들이
넘치고 넘쳤던 황룡사

천년 세월에
옛사람은 간 곳 없고
바람만 쓸쓸히 불어오네.

그 옛날 풍경소리는
어디 갔을까
빈터엔 새들만 놀고 있네.

해인사에서

경남마산호계초등학교 6학년
강 민 진

가야산 산등성을 타고 내려와
맑은 햇살이 모여드는
양지녘에 해인사가 있다.
소나무들이 아낌없이 나눠주는 솔 내음
구름도 낮은 소리로 모여드는 앞마당
풍경소리 은은하고
현진 스님의 조용한 발걸음이
새벽부터 바람을 모으신다.

부처님의 말씀대로 행하시는 모습
스님의 마음속엔 가르침만 가득하시다.
욕심 부리지 말고
탐내지 말고
이웃에게 해꼬지 하지 말고
친구를 미워하지 말라고
우리에게 전해주시는 잔잔한 말씀

산이 다 듣는다.
하늘이 다 본다.
우리들 행동하는 모습
내 마음속에 두려움이 왔지만
부처님 말씀대로 살면
모든 걱정이 사라진다는
스님의 말씀이 위로가 되었다.

아동시부 동상

사람들은 참

광주화정남초등학교 1학년
양 재 황

해가 화가 났다.
공장에서 헬륨가스 펑펑
차에서는 검은 매연 붕붕
비누거품 뽀글뽀글
해가 화 날만도 하다.
해가 화를 내니
식물은 시들시들
나는 바비큐가 될 것 같다.

내가 할 수 있는 것

서울은석초등학교 1학년
정 지 원

나는 작은 눈으로
부처님의 마음을 보네.
마음속에는
사랑이 있네.

나는 작은 귀로
스님의 목탁소리를 듣네.
소리에는
소망이 있네.

나는 작은 입으로
찬불가를 부르네.
노래에는
희망이 있네.

나는 작은 손으로
기도를 하네.
기도에는
행복이 있네.

똑 같아요

서울은석초등학교 2학년
김 채 현

부처님 머리도
뽀글뽀글

엄마 머리도
뽀글뽀글

엄마랑 부처님은
똑 같아요.

나를 사랑하는 마음도
똑 같아요.

보여요

서울은석초등학교 2학년
박 선 민

부처님의 미소엔
인자함이 보여요.

부처님의 눈엔
지혜로움이 보여요.

부처님의 몸짓엔
넉넉함이 보여요.

부처님의 나라엔
행복함이 보여요.

연꽃과 수련

경남함안가야초등학교 4학년
백 규 리

연화사 앞마당의
작은 연못에 사는
연꽃은
뿌리를 진흙탕에 심고
풍경소리를 들으며
세상에서 가장 귀하고
착한 꽃 피웁니다.

연화사 대웅전에
잔잔한 웃음으로
앉아계시는 부처님은
세상 사람들의
이야기 소리 들으시며
착하고 정직하게 살아라
말씀하십니다.

연화사 여름 불교학교에
입학한 우리들은
장난치며 웃다가
108배 올리며 우는 표정 짓다가
저녁 공양하는 시간되면
반찬이 뭘까?
궁금증만 더해갑니다.

산에 오르며

경남마산호계초등학교 5학년
배 예 린

여항산에 오르는 나에게
나무들이 힘내라고 가지를 흔들고
꽃들은 활짝 피며 반겨준다.

계속 산에 오르면
땀이 뻘뻘 흐르고

힘이 없어서 내려가고 싶다.

그때 들리는 절집 종소리
"쉬었다 가렴."
"천천히 가렴."

여항산 품 속에 안긴
광산사 지붕에
단풍잎이 하나 둘 떨어지고 있다.

작은 연못

경남함안가야초등학교 5학년
윤 지 후

운암사 뒷마당에
작은 연못
그 속에 미꾸라지와 장어가 살고
그 옆엔 행운 장승과 솟대가 살고
수련과 부레옥잠은 꽃 피우고
잠자리 날아와서 짝짓기 하고

깊은 산 속
찾아오는 손님 없어도
스님 마음 심심하지 않은 이유
조금은 알 것 같아
스님 마음속에 연못이 자라니까
스님 가슴속에
부처님의 기도 있으니까.

넓은 그릇

서울은석초등학교 6학년
방 규 인

부처님 마음은요,
넓은 그릇 같아요.
잘못해도 실수해도
항상 인자하신 마음으로
넘어가 주시니까요.

부처님 마음은요,
넓은 그릇 같아요.
항상 모두에게 자상하고
따스한 눈길을 주시니까요.

나도 부처님처럼
마음이 넓은 그릇이면
참 좋을 텐데.

줄글부 대상

벌레야, 미안해

서울은석초등학교 6학년
이 서 현

툭, 벌레 한 마리가 내 머리 위로 떨어졌다.

하마터면 소리를 지를 뻔 했다. 그때는 여름이어서, 날씨가 더워 나무에서 벌레들이 방으로 들어와 자꾸 떨어졌나 보다. 오빠와 나는 이상하게 날아다니다가 떨어지는 벌레가 징그러워 방에 들어가지 못하고 있었다. 그런데 오빠가 말했다.

"서현아, 네가 지난번에 과학학원에서 가져온 빈 석고개미집 있지? 벌레를 잡아 거기에 넣으면 어떨까?"

나는 개미집 속에 벌레를 잡아넣고 그 방에서 함께 잔다는 것조차 징그러운 생각이 들어 한사코 반대했다. 오빠는 그런 나를 한사코 설득했다.

"그럼, 벌레가 날아다니는 방에서 공부는 어떻게 할래? 죽이기도 불쌍하고 그럴 자신도 없지 않니. 그리고 관찰을 하면 재미있잖니."

생각해 보니, 오빠의 말도 일리가 있었다. 나는 오빠의 계속되는 설득에 그만 그러라고 해버렸다.

"와! 잡았다."

오빠는 벌레를 잡아 석고개미집에 넣었다. 나는 내심 기뻤다. 이제 맘 놓고 생활할 수 있겠다. 개미집 속의 벌레는 새로운 환경에서 겁을 많이 먹는 것 같았다. 아무튼 벌레는 개미집의 구불구불한 터널을 따라 왔다갔다 하며 기어 다녔다. 개미집에 갇힌 벌레는 거기에서 탈출하기 위해 많이 애쓰는 것 같았다. 그것이 불쌍하기도 했지만 그래도 아직은 활발하게 기어 다니고 있으니, 관찰하는 일이 흥미로웠다. 자세히 들여다보니, 벌레는 날개를 몸속으로 넣었다 뺐다 할 수 있는 신기한 능력의 소유자였다.

벌레를 잡아 가두어 놓은 첫째 날은 그렇게 흘러갔다. 나는 편안하게 침대위에 누워서 잤는데, 벌레는 밤을 어떻게 보냈을까?

다음 날, 학교에서 돌아와보니 벌레가 많이 지친 듯 했다. 바닥에 축 엎드려 있었다. '죽었나?' 걱정이 되어서 가까이 가서 자세히 들여다보니 발을 꼬물거리고 있었다. 그리고 조금 후에는 첫째 날처럼 잘 기어 다녔다. 그날 오빠는 갇힌 벌레가 안쓰러웠던지 이렇게 물었다.

"벌레가 여태 아무것도 못 먹었잖아. 불쌍한데 먹을 것 좀 줄까?"

난 그냥 고개를 저었다. 불쌍한 것은 사실이지만 딱히 줄 것도 없고 그러다가 밖으로 나와 또다시 날아다니며 괴롭힐까봐 걱정이 되었다. 나는 그날 엄마가 주신 간식으로 참 많은 것을 먹은 것 같은데, 벌레 입장은 고려해보지 않았다.

다음날 나는 다시 학교로 향했다. 그날은 우리 학교에서 매주 금요일 하는 '연화어린이법회' 가 있는 날이었다. 법당은 영화어린이회 학생들이 모여앉아 스님께 부처님의 가르침을 전해 들으며 마음을 깨끗하게 닦는 곳이다. 스님은 모든 생명의 소중함을 말씀하시며 스님 자신의 경험을 말씀해 주셨다.

"나는 어릴 때 친구와 함께 벌의 날개를 떼면서 놀다가 벌에게 쏘였단다. 나는 그때 벌 때문에 이렇게 됐다고 하면서 벌 탓만 했어. 그런데 사실은 나 스님이 잘못한 것이었어."

그러자 나는 집에 가두어 둔 벌레 생각이 나서 부끄러웠다.

벌레가 지금 죽어있지나 않을까? 벌레를 그렇게 가두어 놓고 부처님이 계신 법당에 왔다니 정말 창피하고 죄송했다.

나는 나에게 나쁜 일이 있으면 금방금방 짜증을 냈는데, 나 때문에 삼일씩이나 갇혀있는 벌레는 어떨까? 부처님, 용서해 주세요. 벌레가 저에게 나쁜 짓을 한 것도 아닌데 그렇게 가둬놓다니…….

나는 별별 생각이 다 들면서 조금은 무거운 기분과 양심의 가책을 안고 법당을 나왔다. 수업 두 시간을 더 하고 나는 집으로 발거음을 재촉했다. 걱정을 하며 벌레를 살펴보니 아직 살아있었다. 축 늘어져 잘 움직이지는 못했지만 살아있는 것은 분명했다.

오빠도 집에 오자 벌레를 이제는 놓아주자고 했다. 오빠도 그동안 벌레에게 미안했나 보다. 오빠가 창가로 가서 개미집 뚜껑을 열어주었다.

"후다다닥!"

벌레가 하늘높이 힘차게 날아올랐다. 이젠 내가 만든 석고개미집엔 아무것도 없다. 한때 소중한 생명이 그곳에서 자유와 권리를 빼앗긴 채 굶주림과 고통을 받았지만 이제 벌레는 하늘을 신나게 날아가서 보고 싶었던 가족을 다시 만나게 될 것이다. 아무리 작은 벌레라지만 죽지 않고 견뎌냈다는 것이 해방과 자유의 기쁨을 안게 되었다.

내가 만약 벌레였다면 어땠을까? 생각만 해도 정말 끔찍하다. 나는 배가 조금만 고파도 견디지 못하는데, 벌레는 얼마나 고통스러웠을까? 또 답답한 것은 어떻게 견뎠을까? 자기 몸집의 몇 배나 되는 생물체가 자기보다 힘이 더 세다고 해서 자기를 잡아가둬 놓는다고 생각하니 얼마나 화가 났을까? 다시는 조그만 생명체라도 괴롭히지 않을 것이며,

우리 모두가 소중한 생명체들에게 저지른 모든 잘못을 뉘우쳐야 한다.

그 다음날 내가 읽은 책 『우주전쟁』은 화성인이 지구를 침공해서 수많은 사람들을 죽인다고 해도 우리가 다른 동물들에게 한 일을 생각하면 과연 화성인이 사악하다고 할 수 있을까 라는 생각을 담고 있었다.

집안으로 우연히 날아 들어온 벌레를 삼일씩이나 잡아 가둬놓고 지냈던 그 일이 있은 직후 읽게 되었던 이 책은 내가 벌레에게 한 부끄러운 일을 다시 뉘우치게 했고, 생명의 소중함을 깊이 깨닫게 해주었다.

줄글부 금상

연잎에 마음을 담아

서울은석초등학교 3학년
김 이 혁

금요일은 연화법회가 있는 날이다. 법당에 올라가 보니, 컵등을 만들 준비가 되어 있었다. 알록달록 예쁘게 물든 연잎이 바구니마다 가득 담겨 있었다. 친구들과 서로 먼저 풀칠이 된 것을 잡아서 붙이려고 정신이 없었다. 하나하나 붙이니까 처음에는 어렵고 힘들었지만 점점 모양이 나오면서 재미있어졌다. 어른들은 큰 연등을 만들고 우리는 작은 종이컵에 연잎을 붙여서 차에 매달 수 있게 컵등을 만드는 것이었다.

연잎에 풀칠을 해서 한 잎 한 잎 붙여가면서 나는 마음속으로 기도를 했다.

'우리 가족이 건강하고 행복하게 해달라고.'

우리 학교는 불교학교이다. 그리고 우리집의 종교도 불교이다. 그래서 엄마랑 할머니는 부처님 오신날에는 항상 절에 가셔서 가족등을 달고 기도문을 쓰고 오신다. 이번 겨울에도 시간이 있을 때마다 연잎을 모아두었다가 풀을 만들어서 연잎을 비비셨다. 손가락에 분홍색 물이 들었다가 노랑색으로, 그리고 녹색으로 바뀌는 것을 보았다. 손톱이 아프다고 하시면서 왜 그렇게 물이 많이 들어서 담아두시는 건지 몰랐다. 그런데 우리 학교 법당에 달려있는 많은 등을 보고 알았다. 연잎을 비비면서 엄마가 아이고 손가락이야 하실 때마다

"엄마, 이제 그만 두세요. 아프면서 왜 자꾸 해요?"
라고 말하면 엄마는 "이게 다 복 짓는 일이야. 엄마가 복 짓는 일을 많이 하고 싶어서."라고 말씀하셨다. 엄마는

"연잎 한 잎 한 잎마다 마음속으로 기도하면서 비비면 부처님께서 기도를 들어주신다."
라고 하면서 하나도 힘들지 않는다고 하셨다. 연잎을 비비면서 기도하는 것을 부처님은 어떻게 아시고 소원을 들어준다는 것일까? 하고 궁금하게 생각했다. 그런데 할머니께서 말씀해 주셨다.

"연잎을 비비는 동안 엄마가 마음속으로 다짐을 하고 또 하는 것이란다. 그렇게 계속 반복하면 스스로가 그 기도처럼 이루어진다고 믿고 열심히 살다보면 기도한대로 이루어지게 되는 거야."라고 말씀하셨다.

우리 학교 법당에는 우리 가족의 예쁜 등이 달려 있다. 부처님 오신 날에만 연등을 만드는 것이 아니라 이제는 평상시에도 연잎을 비비고 연등을 만드는 마음으로 부처님께 기도하고 내 마음의 다짐을 해야겠다고 마음속으로 생각했다.

부처님 오신 날에 거리와 법당에 알록달록 예쁘고 화려한 등이 걸려 있을 때만이 아니고 말이다. 나는 다짐을 해본다. 내년에는 나도 분홍색 연잎을 내손으로 비벼서 정성을 가득 담아 등을 만들어서 거기에 우리 가족의 소원을 가득 담아보고 싶다고.

미륵사지 석탑과 금산사

광주유안초등학교 6학년
박 수 영

미륵사지석탑은 백제 최대의 절이었던 익산 미륵사 터에 남아있는 석탑으로 국보 11호이다. 지금은 무너진 뒤쪽을 시멘트로 보강하여 보기도 좋지 않을 뿐만 아니라 탑이 반쪽 형태만 남아 있어 참으로 안타깝다. 평면이 사각형인 다층석탑이었을 것으로 보이나 현재는 6층까지만 남아있어 지금으로서는 정확한 층수는 알 수 없다고 한다. 그동안 이 탑에 대한 역사를 알아보기 위해 국립문화재연구소가 탑을 뜯어서 속을 살펴본 결과로는 백제의 끝 무렵 무왕 39년에 세워진 것으로 밝혀졌다. 그래서 우리나라에 남아있는 탑 중에서 가장 오래되고 큰 규모를 자랑하는 귀한 탑입니다.

우리는 이러한 문화재를 소중히 해야 한다. 그것은 조상들이 남겨준 문화재이기 때문이다. 그래서 나라에서는 큰 보물이라고 해서 국보로 정하고 보호하고 있지만 그런 것을 모르고 그까짓 돌 몇 개를 쌓아놓은 것이 무슨 보물이냐고 해서는 안 된다.

그런데 탑이 지금처럼 망가지게 된 것은 일본이 쳐들어와서 망가뜨렸기 때문이라고 한다. 참 나쁜 사람들이다. 그 귀중한 남의 문화재를 망쳐놓았으니 말이다.

또 유명한 절로는 김제 모악산에 있는 금산사이다. 금산사는 후백제의 견훤과 아주 깊은 관계가 있다고 한다. 견훤이 자기 아들에게 잡혀서 이 절에 갇히게 되었다. 그러자 견훤은 왕건에게 부탁하여 자기 아들을 죽이라고 했다는 것이다. 이 이야기를 들으며 나는 생각했다. 아들이 어떻게 아버지를 붙잡아 가둘 수가 있는가. 더구나 신성한 부처님이 계신 절에다 말이다. 물론 견훤도 그런 아들이 죽이고 싶도록 미웠겠지만 어떻게 자기와 원수가 되어 죽기 살기로 싸웠던 왕건에게 죽이라고까지 했을까? 아무리 자기를 가두었다고 해도 자신의 피를 이은 하나밖에 없는 아들이었다면 그래서는 안 될 것 같다.

이런 나쁜 이야기를 가지고 있는 금산사도 매우 오래된 자랑스러운 절이다. 집이 대단히 높은데 1층과 2층은 앞면 5간, 옆면 4간이고, 3층은 앞면 3간, 옆면 2간 크기로 지붕은 옆면에서 볼 때 여덟팔자 모양인 팔각지붕이다. 지붕처마를 받치기 위하여 장식으로 만든 공포는 기둥 위뿐만 아니라 기둥 사이에도 다포양식으로 꾸몄다고 한다. 그런데 건물 안쪽은 3층 전체가 하나로 터진 통층인데 제일 높은 기둥은 워낙 높아서 통나무 몇 개를 이어서 하나처럼 만들어 세웠다고 한다. 전체적으로 규모가 웅대하고 안정된 느낌을 주며 우리나라에서 하나밖에 없는 3층 목조건물로 잘 보존해야 할 귀중한 문화재라고 한다.

나는 미륵사지석탑과 김제 금산사의 역사를 듣고는 우리 조상들은 참 훌륭한 기술을 가졌던 것이라고 생각한다. 우리나라에는 전쟁 때 불타서 없어지고, 잘 몰라서 보존하지 못해 없어진 값진 문화재가 많았다고 한다. 또 이들 문화재는 모두 불교문화재이다. 우리는 이런 문화재를 남긴 불교를 바르게 알고 자랑스럽게 생각해야 되겠다.

줄글부 은상

하늘을 알게 해 준 신라의 첨성대

서울공덕초등학교 3학년
강 서 영

지난 여름에 가족여행으로 경주에 가서 우리나라 보물 제31호 첨성대를 보았다. 눈으로 보았을 때는 5미터 정도라고 생각했는데 실제로는 9미터가 넘어서 깜짝 놀랐다. 첨성대가 이렇게 클 줄은 몰랐다. 커다란 호리병 같았다.

1300년 동안 무너지지 않고 그 자리에 서 있었던 첨성대의 돌은 전부 365개인데 1년의 365일과 숫자가 똑 같아서 정말 신기했다. 돌을 쌓은 단수는 27단이고, 중간쯤에는 한 변의 길이가 1미터인 네모꼴 창문이 있는데 내 눈에는 20㎝ 쯤으로만 보여서 그 창문으로 사람이 들어가다가 몸이 걸릴 것 같아서 지나다녔다는 것이 불가능하다고 생각했다. 창문 아래쪽 내부에는 막돌이 차 있고, 그 위로는 뻥 뚫렸다.

옛날 기록에 의하면 "사람이 가운데로 해서 올라가게 되어 있다."라고 하였는데, 바깥쪽에서 사다리를 놓고 창을 통해 안으로 들어간 뒤 안쪽에 있는 사다리를 이용해 꼭대기까지 올라간 것으로 보인다. 나는 네모꼴 창문 밑의 막돌을 없애고 바닥으로부터 조그만 문을 만들어 꼭대기까지 올라갈 수 있는 나선형 계단을 만들었으면 좋겠다.

옛날 사람은 하늘의 움직임에 큰 의미가 있다고 생각했다. 그래서 오래 전부터 해와 달, 별의 움직임을 관찰했고, 거기서 시간이나 계절, 날씨 등 생활에 필요한 정보를 얻었으며 하늘의 움직임에 따라 인간 세상의 일들을 미리 알 수 있다고 믿어 우주에 존재하는 모든 물체의 관찰을 더욱 중요하게 생각했다.

어떤 학자들은 첨성대가 하늘에 제사를 지내던 제단이거나 불교 경전에 나오는 상상속의 산인 수미산과 첨성대의 모양이 비슷하다고 했다. 또 어떤 학자들은 고대 중국의 천문책인 『주비산경』의 내용을 따라 만든 수학적 상징물이거나 첨성대가 하나의 거대한 우물을 상징할지도 모른다고 생각했다. 신라 귀족의 집에는 항상 우물이 하나씩 있었고, 삼국유사에 우물을 통해 다른 세계를 넘나들던 스님 이야기가 나온다. 그래서 첨성대 역시 현재의 세계와 신의 세계를 연결해주는 우물일거라고 생각했다.

그리고 첨성대의 몸돌은 모두 27단으로 27대 선덕여왕의 권위를 높여주는 상징물이라고도 생각했다. 어쨌거나 첨성대는 지혜롭고 총명한 선덕여왕의 힘을 상징하고 농사를 위해서 하늘의 별자리를 관찰하거나 하늘에 제사를 지내는 제단의 역할을 한 하늘과 관련된 건축물이라고 생각한다. 그래서 나는 첨성대 꼭대기에 꼭 올라가고 싶은 마음이 들었다.

구례 화엄사

광주유안초등학교 3학년
강 다 정

저는 고향이 구례입니다. 구례에는 화엄사가 있습니다. 화엄사는 제가 제일 많이 가본 곳 중에서도 가장 좋아하는 절입니다. 물론 여러분도 TV에서 보신 분도 있고 안 보신 분도 있을 것입니다. 그곳에는 큰 절, 지장암이 있는데 제가 처음 가 본 곳은 지장암입니다.

칠석이 되면 그곳에서 등불에 소원을 빌기도 합니다. 명절이 되면 화엄사는 밀립니다. 저희 엄마는 그 중에서도 보살입니다. 저도 부처님을 존중합니다.

엄마를 따라 두 번째로 큰 절을 가보았습니다. 절을 어떻게 올리는가, 무슨 절들이 있는가도 배웠습니다. 저는 처음에 갔을 때가 여섯 살이었습니다. 절에서 절을 올릴 때는 발이 엉덩이에 닿아야 한다는 것 등 많이 배웠습니다.

그리고 6월에 어린이 불교학교를 가려 했는데 제가 광주에 살고 해서 만날 그곳에만 있을 수가 없잖아요? 그래서 결과는 결국 못 다녔습니다. 제가 그만큼 불교를 사랑한다는 뜻이지요. 구례 갈 때면 갈 때마다 화엄사를 갑니다.

스님들은 고기를 드시지 않고 채식주의자이어서 채소만 드십니다. 화엄사는 넓습니다. 그 중에는 식당도 있는데 채소만 있습니다. 그래서 저는 투정은 부리지 않지만, 맛은 없다고 속으로 생각했습니다. 하지만 스님들은 채식주의자라서 그런지 맛있게 드십니다. 스님들께선 나를 아껴주시고 예뻐해 주셨다.

불교의 도시 서라벌의 역사 속으로

서울은석초등학교 5학년
차 은 서

나의 종교는 불교이다. 우리 은석초등학교도 불교 재단의 학교이다. 불교란, 부처님을 모시고 스스로 부처가 되도록 노력하는 종교이다. 즉, 신이 따로 없고 실제로 존재했던 사람을 모시는 유일한 종교이다. 여름방학 때 나는 불교를 믿었던 옛날의 왕국, 신라의 도읍지였던 경주로 여행을 하였다. 경주에 도착해 보니 역시나 불교의 흔적이 보였다. 김대성이 창건한 석굴암과 불국사가 대표적이었다.

부처님의 모습과 부처님을 바라보고 있었던 십이지신의 모습이 새겨진 훌륭한 걸작인 석굴암은 원래 석불사(石佛寺)라고 하는 절이었는데, 일본인들이 석불사의 가치를 떨어뜨리려고 석불사에서 석굴암(石窟庵 : 庵은 작은 절을 뜻함)으로 바꿨다고 한다. 그리고 과학적으로 오랫동안 잘 보존되어 있던 석굴암은 일제강점기에 일본인들이 강제로 해부한 뒤 아무렇게나 조립을 해놓고 해방이 되자 도망갔다고 한다. 정말 무릎을 꿇고 싹싹 빌어도 용서해줄까 말까인데 지금까지 아무 말도 않고 있다니, 조립하다 남은 돌조각들이 증거물로 있는데도 불구하고. 정말 뻔뻔하다. 옛 조상들의 과학적 건축기술을 알지 못하는 일본인들의 악한 행동으로 지금도 석굴암은 조금씩 조금씩 무너져 내리고 있다고 한다.

김대성이 현생 어머니를 위해 창건한 불국사 역시 지금 사람들의 보호하려는 노력 아래에서 보호를 받고 있다. 극락으로 가는 길인 청운교와 백운교 등이 있고, 극락으로 들어서는 문인 극락전도 있다. 그리고 지난 2007년 무한도전에서 불국사 관광을 하다가 극락전 현판 뒤에 숨겨져 있던 한 복돼지를 찾았다고 한다. 복돼지 해여서 그랬었는지…. 불국사에는 유명한 석가탑과 다보탑도 있다. 석가탑은 이름도 참 많다. 불국사삼층석탑, 무영탑, 석가탑이라고 불리는데 남성의 스타일처럼 심플한 디자인을 가지고 있다. 반면에 뭔가 복잡해 보이는 다보탑은 여성스러움이 느껴졌다.

난 이렇게 경주의 아름다운 유물들을 보며 신라시대의 찬란한 불교문화가 위대했으며, 우리 조상들의 지혜로움도 느낄 수 있었다. 또한 우리 조상들의 훌륭한 유산을 잘 보존하여 우리 후손에게 잘 물려주어야겠다고 생각하니 어깨가 무거웠다. 우리의 찬란한 불교문화가 영원히 지속됐으면 좋겠다.

마지막 연화 수련회를 다녀와서

서울은석초등학교 6학년
김 수 혁

여름방학을 하고 다음날 떠나게 된 초등학교 마지막 연화캠프는 평택에 있는 무봉산 수련원이었습니다. 이번 연화 수련회는 지금까지의 연화캠프 중 최고였습니다. 왜냐하면 6년 동안 한 번도 연화수련활동 프로그램에서 타보지 못한 1등을 우리 조가 해냈기 때문입니다.

6학년이어서 조장을 하게 된 것도 기쁘고 뿌듯했지만 우리 조 동생들이 모두 착하게 활동에 참여하고 초롱초롱하게 빛나는 눈으로 나의 말을 따르는 것을 보면서 더욱 힘이 났던 기억이 납니다. 제가 1학년 때 처음 가족들과 멀리 떨어져서 생활했던 것을 생각해 보면 의젓하게 생활하고 따르는 동생들이 대견하기까지 했답니다.

첫날부터 법회에서 부처님 말씀과 스님의 가르침을 익혀 나가게 되었습니다. 반야심경을 암송하고 찬불가를 부르면서 서로에게 의지하고 협동을 해야 되겠다고 생각했습니다. 하지만 첫날이어서 조원이 서로에 대해 잘 모르기 때문인지 서로에게 맞추는 시간이 필요하다는 생각을 하게 되었습니다. 그때 떠오른 것은 연화법회에서 "자신을 낮춰라." 라는 스님의 말씀이었습니다.

"내가 많이 안다고, 많이 가졌다고 해서 상대방을 없이 여기지 말라."는 뜻을 새기며 차분히 동생들을 타이르며 자신감을 주니까 동생들도 하나가 되기 위해 최선을 다하는 모습을 보여 주었습니다. 이것이 이번 수련회에서 알게 된 하나의 가르침이라는 생각을 하게 되었습니다. 나를 세우고, 말도 안 하고, 잘난 척을 한다면 단체생활에서의 협동심이란 것은 찾기 어려울 것입니다.

그 다음날 활동부터 왠지 모르게 조금씩 서로를 의지하면서 열심히 활동을 하게 되는 우리 조를 볼 수 있었습니다. 그 순간부터 우리는 하나 된 마음으로 수련활동을 하고, 예불을 드리게 되었습니다. 서로에게 점점 다가가는 방법을 알게 되었고, 상대방의 마음을 읽을 수 있게 된 것 같았습니다. 한결 가까워진 서로에게 힘을 주기 시작한 것입니다. 조금 부족한 부분은 채워주고, 넘치는 부분은 덜어 줄 수 있는 화합하고, 협동하는 우리가 된 것을 느끼게 되었습니다.

2박 3일의 캠프 중에 함께 한 시간이 점점 쌓여가면서 서로에게 힘이 되어 주고 있음을 알게 되었습니다. 이제 자고 일어나면 하나 된 우리가 더 열심히 수련활동을 할 수 있으리라는 기대감이 생겼습니다.

그리고 다음날 우린 마음을 합해 1등조가 되기 위한 노력을 했습니다. 먼저 질서를 최우선이라 생각하고, 열심히 프로그램에 참여해서 칭찬카드를 채우고 있는 우리의 모습을 보게 되었습니다. 그랬더니 선생님들께서 웃으시면서 "너희 조는 좀 쉬면서 하렴." 하고 말씀하셨습니다.

함께 가신 교감선생님께서도 모든 프로그램에 적극적으로 참여하는 모습을 보시고 잘하고 있다고 칭찬을 아끼지 않았습니다. 우리 조원들이 하나로 똘똘 뭉쳐 주니까 조원 하나하나가 너무 자랑스럽게 느껴졌습니다.

둘째 날 아침예불이 끝나고 드디어 기다리고 기다리던 수영시간이 왔습니다. 지금까지의 힘든 수련활동을 수영과 물놀이로 시원하게 풀고 나서 다함께 맛있는 수박을 먹었습니다. 조원들끼리 다시 방으로 와서 쉬게 되었는데 그때 느낀 휴식은 정말 꿀맛처럼 달게 느껴진 것 같습니다.

다시 저녁 예불을 드리고 취침시간이 왔습니다. '이제 내일이면 연화수련회가 끝이구나!' 생각하니까 왠지 모르게 허탈하고 아쉬워졌습니다. 해마다 연화수련회를 다녀왔지만 이번 수련회가 마지막이라고 생각해서 그런지 더욱 알차게 보내게 된 것 같습니다. 이번 연화캠프가 정말 우리들의 협동심과 수행을 함에 있어서는 좋은 기회가 되었다고 생각합니다.

부처님의 말씀과 스님의 가르침을 통해 조금이나마 그 마음을 깨닫게 된 것이 있다고 생각합니다. 많고 많은 부처님의 깨달음 중 단 한 개의 깨달음도 얻지 못하고 지나갈 수 있는 것을 우리가 알게 되고, 느낀 것만으로도 이번 연화수련회는 저에게 많은 것을 얻게 해 주었다고 생각합니다.

이제 얼마 남지 않아 졸업을 하게 됩니다. 새로운 환경에서 새로운 생활을 하게 되어 힘들고 지칠 때 이번 연화수련회를 떠올리게 되면 웃으며 지낼 수 있을 것입니다. 요즘 매주 있는 연화어린이법회에 이런저런 핑계로 빠지고 다른 것을 더 중요하게 생각했던 것이 지금후회가 됩니다. 지금이라도 늦었다 생각하지 않고 매주 금요일마다 하는 연화 수업에 꼬박꼬박 갈 것입니다.

초등학교의 마지막 학년을 마음의 덕과 복을 쌓는 일로 마무리하고 싶습니다. 그곳 법당에서 꿈을 꾼 나의 장래 희망인 요리사의 꿈도 이루어질 수 있도록 두 손 모아 합장하고 삼배를 올리며 기도할 것입니다.

줄글부 동상

부처님과의 인연

서울은석초등학교 1학년
홍 현 서

내가 은석초등학교에 입학하기 전에는 부처님에 관해서 잘 알지 못했다. 그런데 담임선생님께서 연화어린이에서 스님의 좋은 말씀을 들을 수 있다고 알려주셨다.

법 당에 처음 들어섰을 때 부처님께서 웃고 있는 표정으로 나를 반겨주셨다. 책에서 읽었는데 부처님은 좋고 편안한 왕국 생활을 하지 않고 욕심을 부리지 않았다고 한다. 내가 공주였다면 게으름을 피웠을 것이다. 어떻게 부처님은 우리 모두를 지켜주고 사랑할 수 있을까? 나도 부처님처럼 욕심 부리지 않고, 힘든 일이 닥쳐도 꿋꿋이 이겨내야겠다.

연꽃은 부처님의 착한 마음을 닮은 예쁜 꽃이다. 그런데 연꽃은 더러운 진흙 속에서 잘 버티다가 예쁘고 탐스럽게 피어난다고 한다. 역시 부처님을 닮았나보다.

작년 여름 경주에 여행 갔을 때 안압지에 수많은 꽃들이 있었다. 그 연꽃들이 세상을 환하게 비춰주듯 아름다웠다. 연화어린이 시간에 스님과 친구들과 함께 옛날 풀을 붙여 직접 만들어보니 정말 재미있었다. 거기서 먹는 간식이 얼마나 맛있는지 다른 친구들은 모를 거다.

부처님의 깨달음이 나에게는 어렵지만 앞으로 스님의 말씀을 잘 듣고 어려운 사람들을 도와줄 것이다. 그리고 나도 부처님처럼 예쁜 미소를 사람들과 나눠가져야겠다.

안양사에 다녀와서

서울은석초등학교 2학년
백 주 현

우리 가족은 모두 절에 다닌다. 할머니께서는 안양에 있는 안양사에 다니시고, 아빠께서는 관악산에 있는 연주암에 다니신다. 이번 해는 할머니께서 다니시는 안양사에 다녀왔다. 일찍 일어나서 아주 졸렸지만 부처님과 스님을 뵐 생각을 하니 졸음이 후다닥 달아나고, 빨리 가고 싶어서 얼른 준비를 했다.

안양사에 도착하니 어떤 아주머니께서 나와 가족들에게 카네이션을 달아 주셨다. 나는 속으로 '나는 어버이가 아닌데 왜 나에게 카네이션을 달아주신 거지?' 라고 생각하였다.

절이 있는 곳으로 올라가자 할아버지께서 꽃을 사셨다. 아기부처님께 드리시려고 사시는 거다. 나는 아기부처님을 씻겨 드리고 기도를 하였다. 그리고 거인처럼 크신 부처님께도 절을 하였다.

나는 절에 다니고, 학교에서 하는 연화어린이도 한다. 연화어린이에서는 스님께서 부처님에 관한 재미있는 이야기도 해 주시고, 반야심경도 가끔 외운다. 그런데 반야심경은 너무 어렵다. 열심히 외워서 할머니께 들려드리고 대회에 꼭 나갈 거다. 매일 한 줄씩 외우면 되겠지? 나는 연화어린이 시간에 만들기 하는 것은 싫고, 이야기 듣는 것이 더 재미있다. 절에 가서 빨리 부처님께 가서 기도하고 싶던 것처럼 연화어린이에서도 빨리 절을 하고 싶다.

안양사에서 집에 갈 시간이 되자 부처님 곁을 떠나려니 많이 섭섭했다. 다음 해도 빨리 와서 부처님께 절을 하고 싶다. 다음 해도 할머니를 따라 가족 모두가 함께 오기로 했다.

은은하게 들려오는 목탁소리와 절 마당에 예쁘게 매달려 있는 연등을 보니 마음이 편안해진 듯하다. 집에 돌아오는 가족들의 얼굴에도 웃음이 가득 하였다.

부처님의 말씀을 잘 새겨들어서 바르게 생활해야겠다.

큰 슬픔의 다비식

서울은석초등학교 2학년
박 묘 은

올해 봄에 엄마 아빠께서 다니시는 절에 큰 스님께서 돌아가셨다. 대구에 계시는 큰 고모께서 알려주셨다. 큰 고모는 절에서 합창단원이다. 무슨 일이 있더라도 합창단원이다. 무슨 일이 있더라도 다비식만은 꼭 참석하라고 연락이 왔다. 강원도 태백까지 가야하는데 시간이 많이 걸린다.

아빠께서 일찍 퇴근하셔서 엄마와 나, 셋이서 출발을 했다. 나는 뒷좌석에 앉아서 잤다. 창밖은 어두컴컴한데 그래도 낮처럼 밝았다. 달님이 함께 했기 때문인 것 같다. 하품이 나고 졸려서 잤는데 엄마께서 일어나라고 깨우셨다. 벌써 도착했나보다. 절에 도착하니까 새벽 2시였다. 큰고모께서 마중을 나오셨다.

"어이구 우리 묘은이 먼 길을 왔구나!"

하시면서 나를 안아주셨다. 법당에 앉아서 아침이 되도록 엄마아빠 모두는 기도를 하셨다. 나는 엄마 옆에서 잠을 잤다. 아침공양을 할 시간이라고 엄마께서 깨우셨다. 식당에 줄을 서는데 끝이 안 보였다. 아침공양을 하고 나서 10시에 다비식이 시작된다고 했다. 그렇다면 서둘러서 아침공양을 끝마쳐야 한다. 배에서는 꼬르륵~ 소리가 났다. 드디어 우리 차례가 돌아왔다. 아침 메뉴는 밥과 미역국에 말아서 한 그릇 뚝

딱! 먹었다. 절에서 먹는 밥은 정말 맛있다. 또 그릇에 향기로운 냄새가 담겨 있다.

9시 40분에 엄마와 아빠와 다비식장 장소로 갔다. 고모와 고모부는 울고 계셨다. 그 밖에도 많은 사람들이 울고 계셨다. 하얀 국화꽃이 화려하게 장식되어 있는 곳이 있다. 그 안에 큰 스님께서 누워계신다고 하셨다. 엄마께서는 '묘은' 이라는 이름을 돌아가신 큰 스님께서 지어 주셨다고 했다. 나는 큰 스님을 한 번 본 적이 있다.

내가 7살 때, '부처님 오신 날' 에 절에 갔었다. 이제는 큰 스님을 볼 수가 없다고 생각하니까 스님이 너무 가엾다는 생각이 들었다. 그래서 많은 사람들이 울고 있었나 보다.

드디어 다비식이 시작되었다. 바람이 많이 불었다. 국화꽃으로 장식되어 있던 상여가 불에 타기 시작했다. 하얀 연기와 검은색 연기가 뭉실뭉실 뭉게구름처럼 하늘을 향해서 훨훨 날아갔다. 마치 스님을 모시고 가는 것처럼 보였다. 많은 사람들이 눈물을 흘리며 슬퍼하는 것을 보았다. 나도 눈물이 나서 울었다. 그런데 갑자기 하늘에서 천둥번개 소리가 요란하게 울렸다. 바람만 많이 불고 비는 오지 않는데 소리만 났다. 사람들이 모두 웅성웅성 했다. 나는 신기하기만 했다.

우리 가족은 오랫동안 연기가 하늘로 올라갈 때까지…… 큰 스님께서는 좋은 곳으로 가셨나 보다.

스님의 절 마술

서울은석초등학교 2학년
채 연 수

저번 주 토요일에 경주에 있는 석굴암을 갔다. 아빠, 엄마, 큰오빠, 작은오빠, 할머니, 할아버지와 갔다. 작은오빠와 내가 석굴암을 가보고 싶다고 해서 간 것이다. 석굴암은 옛날 신라시대에 있는 절이라고 하셨다. 절은 조금 시끄러웠다. 그런데 시끄러웠던 절이 마법같이 조용해졌다. 왜 그런지 궁금해서 절 아주머니께 물어보았더니, 소리를 조용히 들어보라고 말씀하셨다.

"뜨득… 뜨득…"

이런 소리가 들렸다. 무슨 소리인지 몰라서 조용히 살금살금 절 문을 열어 보았다. 스님들이 진지하고 조심스럽게 절을 하고 계셨다. 목탁소리를 들으니 마음이 맑고 편안해졌다. 절 아주머니도 마음이 편안했는지 절을 하고 일을 하셨다. 나도 따라서 절을 했는데 절을 구경 온 아주머니께서

"불심이 참 깊구나!"

하며 절 팔찌를 주셨다. 기분이 좋았다. 네가 고맙다고 인사를 하였다. 절에는 아주머니와 네가 말하는 소리와 목탁소리 밖에 안 들렸다. 신기했다. 그렇게 요란스러웠던 절이 단 한 번에 조용해졌다. 절에서는 스님의 절이 마술이다. 학교에서는 선생님의 목소리가 마술이다.

덕수궁 이야기

서울공덕초등학교 4학년
이 진 주

저는 10월 10일, 일요일에 덕수궁에 가기 위해 인터넷으로 검색을 하고, 들뜬 마음으로 덕수궁에 갔습니다. 덕수궁은 임진왜란 때 선조가 경복궁 외에 많은 궁들이 모두 불타 잠시 거처하던 곳이었고 그 후 고종황제께서 계시다 돌아가셨다고 합니다.

덕수궁에 도착해보니 대한문 앞에서 마침 수문장 교대 의식을 하고 있었습니다. 많은 사람들이 모여서 그 행사를 보며 사진을 찍고 있었습니다. 우리도 수문장 의식을 보고 들어갔습니다.

처음으로 간 곳은 덕홍전이었습니다. 원래 이곳은 명성황후가 돌아가시고 혼을 모신 경효전이었지만 훗날 외국 사신들을 모시는 전각이 되었습니다. 내부 천장의 무늬는 아주 정교하고 세밀하며, 빈틈없이 칠해져 있어서 무척 화려했습니다.

다음으로 간 곳은 기존의 궁궐과는 다른 모양이었습니다. 이곳은 정관헌이라는 곳으로 고종황제께서 이곳에서 외국 외교관들과 연회를 열고 커피를 즐겨 마시던 곳이라고 합니다. 이곳과 더불어 석조전도 서양식 건축물입니다. 석조전에 대해 설명을 들었는데 석조전은 고종황제께 바쳐진 건물이라 합니다. 하지만, 고종황제께서는 돌로 지어졌다 하여 사용하시지 않고 이제는 미술품 전시 용도로 쓰인다 합니다.

덕수궁에서 들은 제일 신기한 이야기는 용마루에 관한 이야기입니다. 용마루는 옅은 회색빛을 띠는 흙으로 기와 윗부분에 길게 이어져 있습니다. 용머리는 그 양 끝에 조각된 것을 말하는 것입니다. 옛날에는 용이 그 건물을 지켜준다 믿었기 때문에 용이 도망가지 못하도록 주둥이에 못을 박았다고 합니다. 그런데 왕이 주무시는 곳은 그 모습을 보지 말라고 하여 용마루가 없었다고 합니다. 하지만 명성황후가 돌아가신 후 다른 왕비를 삼지 않겠다고 굳게 다짐하시고 침소인 함령전 위에는 용마루를 만들었다고 합니다.

이러한 이야기 등을 듣고 궁궐을 둘러보니 옛날 조상들의 용마루에 대한 믿음과 고종황제에 대한 사랑도 알 수 있었습니다. 앞으로도 많은 문화재에 관심을 갖고 아름다운 우리나라 대한민국 땅을 여행하고 싶은 생각이 들었습니다.

엄마의 입원

광주유안초등학교 4학년
박 요 한

2009년 3월 3일 이전까지는 아주 행복했었다. 그리고 그날은 내 생일이기도 했다. 잔뜩 기대를 하고 있는데 그날 엄마께서 병원에 실려 가셨다. 그래서 나는 내 생일인데 엄마가 입원을 하셔서 서운하기도 하고 걱정되기도 했다. 엄마의 몸이 마비가 되어서 점점 호흡곤란이 심해진다고 했다. 엄마는 서울 큰 병원으로 옮겨가셨다. 그리고 엄마를 멀리에서 못 보니까 휴가를 내 서울로 올라갔다. 그리고 엄마의 얼굴을 보니 눈물이 났다. 그래서 눈물을 참고 엄마와 종이에 글로 대화를 나누었다. 그리고 가는 길에 엄마 얼굴을 또 기다렸다. 봐야하니 빨리 엄마를 볼 수 있기를 간절히 바랬다.

엄마가 점차 좋아지자 광주에 있는 병원으로 옮겨 내려오셨다. 그래서 엄마가 한 번 휴가를 내셔서 집으로 들어오셨다. 지난 번 못해준 내 생일파티를 열었다. 좋았다. 그래서 엄마와 맛있는 것도 많이 사먹고 놀았다. 그리고 엄마와 즐거운 시간을 맞이하였다.

그런데 엄마가 병원에 다시 가셔서 서운했다. 그리고 얼마 후 학교에서 돌아와 보니 엄마가 의자에 앉아계셨다. 그래서 엄마가 걸어 다니시게 하는 훈련을 했다. 그리고 엄마가 마침내 걸어 다니실 수 있도록 많이 도와드렸다. 그래서 병원 선생님께서 엄마를 퇴원시키셨다. 그래서 엄마는 예전처럼 우리와 즐겁게 지내고 있다.

우리 가족들은 서울의 큰 병원에 3개월에 한 번씩 갔는데 이제는 엄마가 많이 좋아져서 6개월에 한 번씩 진료를 받으러 가시면 된다. 엄마가 안 계시니까 준비물도 못 챙기고 또 엄마가 보고 싶어서 공부에도 집중이 안 되었다. 엄마가 집에 계시니까 우리 집은 안정이 되고 옛날처럼 재밌는 집안이 됐다.

지금도 귓가에 들려오는 용문사의 범종 소리

서울은석초등학교 4학년
민 경 민

추석을 보내며 가족들과 함께 성묘를 다녀왔다. 아침에 성묘를 가는 길은 제법 쌀쌀한 느낌이 들었다. 얼마 전까지만 하더라도 더운 여름이었는데 어느 새 가을이 다가온 것 같다. 곧 나뭇잎이 알록달록 물드는 단풍의 계절이 찾아올 것이 기대된다.

나는 단풍하면 지난 가을 '용문사'에서 보았던 은행나무를 잊을 수 없다. 주위의 나무들이 알록달록 각자의 색깔을 자랑하며 아름답게 옷을 갈아입고 있었지만 그 중에서도 으뜸은 은행나무의 선명하고 노오란 부채 모양의 잎이었다.

지난 가을 우리 가족은 용문사로 나들이를 갔었다. 우리는 가끔 절을 찾아가곤 한다. 내가 불교 학교에 다니고 있기 때문이기도 하지만 절은 아름다운 숲속에 있으면서 우리에게 편안한 마음이 들게 해 주어 엄마, 아빠도 좋아하시기 때문이다.

용문사에 처음 갔을 때는 어떤 절인지 잘 몰랐는데, 다녀와서 알고 보니 용문사는 옛날 신라시대에 세워진 굉장히 오래된 절이라고 한다.

우리 가족은 용문사에서 타종체험을 할 수 있었다. 보통 종을 보아도 그 종을 직접 쳐볼 기회가 있지는 않았는데 용문사에서는 종을 직접 쳐

볼 수 있는 기회를 주는 것이었다. 너무 좋았다.

나는 종을 치기 전에 은행잎 모양의 종이에 우리 가족의 소원을 적었다. 종은 세 번 쳤다. 종을 치고 그 진동을 느끼며 내가 적었던 소원을 다시 한 번씩 생각했다. 커다란 종은 한 번 칠 때마다 진동을 멈출 줄 모르고 계속해서 울렸다. 내가 종을 세게 칠수록 종소리는 더욱 멀리 울려 퍼지는 것 같았다. 종을 치고 나서 종을 배경으로 가족사진도 찍었다. 너무나 아름답고 신비로운 경험이었다.

며칠 전에 절에 있는 범종에 관한 이야기를 읽었다. 범종은 절에서 사람들을 모이게 하거나 때를 알리기 위해 치는 큰 종을 말한다고 한다. 범종은 신성한 불음을 내서 고통을 덜게 하고 깨달음을 얻게 해 준다고 한다.

부처님의 가르침을 글로 표현하면 불경이 되고, 부처님의 모습을 형상화하면 불상이 되며, 부처님의 깨달음을 그림으로 나타내면 만다라가 되고, 범종의 소리는 곧 부처님의 음성이라는 것이다. 우리 가족이 친 종의 울림이 그렇게 오랫동안 멀리까지 퍼진 이유도 부처님의 음성이라서 그런가 보다.

올해에도 단풍이 드는 가을이 깊어 가면 다시 한 번 용문사에 가 보고 싶다. 그리고 또다시 종을 칠 수 있는 기회가 생긴다면 이번에는 범종의 깊은 의미를 생각하며 더욱 힘차게 종을 쳐보고 싶다. 부처님께서 뭐라고 말씀하시는지 귀 기울여 들어보고 싶다. 그리고 아름다운 은행나무가 잘 있는지 보고 와야겠다.

할아버지 미소를 닮은 좌불상

서울은석초등학교 4학년
김 다 빈

천안은 엄마의 고향이다.

8월, 외할아버지 생신날 우리 가족은 의미 있게 보낼 수 있는 나들이 계획을 세웠다.

"나는 스파비스에 가고 싶어요."를 외쳤고 엄마는 오랫동안 가보지 못하셨다면서,

"태조산!"

이라고 외치셨다.

"가위, 바위, 보!"

"힝~"

엄마가 이기셨다.

태조산 각원사에 가는 길은 예전과 다르게 포장이 잘 되어 가기가 편해졌다고 엄마께서 말씀하셨다.

각원사에 도착해 보니 우리를 맨 처음 반겨 준 것은 까마득해 보이는 '203계단' 이었다.

"203계단은 백팔번뇌를 뜻하고 관음보살의 32화신, 아미타불의 84소원, 12인연과 3보 등을 합해서 정해 놓은 계단이란다."

라고 외할아버지께서 설명해 주셨다.

높게 반듯이 버티고 있는 203계단을 다시 올려다보니 203계단은 외할아버지 설명처럼,

"무엇을 반성하고, 무엇을 버리고, 무엇을 소원하려고 하니?"
라고 물어보는 것 같았다.

한 칸 한 칸 계단을 오르면서 그동안의 잘못했던 내 행동을 반성하려고 했는데…… 더운 날씨에 '헥 헥' 숨만 찼다. 계단을 다 오르고 나니 시원한 바람과 함께 할아버지의 인자한 미소를 닮은 청동 좌불상이,

"다빈아, 어서 오렴!"

이렇게 반갑게 맞아주는 것 같았다.

"우와, 엄마 너무 크고 멋있어요."

"응, 이 불상은 동양에서 가장 큰 앉아있는 불상이란다. 소중한 문화유산이지."
라고 말씀하시며 어릴 적 해마다 이곳으로 소풍을 왔었다는 말씀도 해주셨다. 엄마도 초등학교 시절 나처럼 이 자리에 서 계셨었다는 것을 생각하니 기분이 이상했다.

"다빈아, 우리 같이 소원을 빌어 볼까?"

엄마와 나는 주변의 다른 몇몇 할머니, 아주머니들과 좌불상 주위를 돌았다. 미리 준비해 온 염주알 하나하나에 나의 소원을 담아서…… 엄마는 무슨 소원을 비셨을까? 인자한 부처님의 얼굴을 보니 분명히 소원을 들어주실 거야.

집으로 돌아오는 차 안에서도 각원사에 다녀온 느낌이 사라지지 않았다. 조용한 산속에 자리 잡고 있는 절 곳곳에서 들리는 스님들의 불경 소리와 조심스럽게 걸어 다니는 사람들의 발자국 소리, 몸과 마음이 편해지고 깨끗해지는 각원사의 분위기는 지금까지도 내 마음 속에 남아 있다.

2011년 제28회 입상작품

- **아동시부 대상**

  부처님 웃음

  경남 창원 호계초등학교 6학년 이상진
- **아동시부 금상**

  소원

  경남 함안 가야초등학교 3학년 김보근

  해인사 팔만대장경 축제

  경남 창원 호계초등학교 4학년 문유빈
- **아동시부 은상**

  나무아미타불 관세음보살

  경남 창원 호계초등학교 3학년 이태훈

  마음을 가다듬든

  경남 창원 호계초등학교 5학년 최준환

  연운사 스님은

  경남 창원 호계초등학교 6학년 정재홍
- **아동시부 동상**

  마음의 안식처

  경남 함안 가야초등학교 3학년 조서윤

  부처님

  경남 함안 가야초등학교 3학년 송지영

  부처님

  경남 함안 가야초등학교 3학년 박규은

  절집 앞 약수터

  경남 창원 호계초등학교 5학년 정보미

  부처님께

  경남 함안 가야초등학교 5학년 최정희
- **줄글부 대상**

  잊지못할 추억

  경기 수원 상률초등학교 6학년 박정민
- **줄글부 금상**

  스님을 만나면

  울산 남산초등학교 5학년 이차현
- **줄글부 은상**

  아름다운 불교문화

  울산 옥서초등학교 4학년 선윤승

  의림사에서

  경남 창원 호계초등학교 4학년 손희지

  할머니가 사는 절

  울산 성안초등학교 6학년 이이재
- **줄글부 동상**

  절에서의 느낌

  경남 함안 가야초등학교 3학년 박세환

  마음이 맑아지는 밥상

  울산 옥서초등학교 4학년 강혜빈

  2박 3일 불교 체험

  울산 옥서초등학교 4학년 신준혁

  스님을 바로 알다

  울산 남산초등학교 5학년 안세은

  할머니의 기도

  경남 함안 가야초등학교 5학년 이윤남

아동시부 대상

부처님 웃음

경남창원호계초등학교 6학년
이 상 진

절을 할 때
다리가 저리고 아팠다.
살짝 꾀가 나서
다리를 반만 접고 앞을 쳐다보니
부처님이 빙그레
웃음으로 말씀하시네.
"참는 것도 공부지!"

참선을 할 때
다리가 저리고 아팠다.
쭉 뻗고 싶어서
게임기 내용 떠올리고 있을 때
부처님이 빙그레
웃음으로 알려 주시네.
"조금만 있으면 괜찮아!"

공양을 할 때
묵나물, 도라지나물 먹기 싫어서
한쪽으로 밀쳐 두었다.
그때도 부처님은
빙그레
웃음으로 모른 척하시며
"상진아 비밀로 해 줄게!"

빙그레
부처님은 웃음쟁이님
빙그레
부처님은 마음씨 좋은 할아버지.

아동시부 금상

소 원

경남함안가야초등학교 3학년
김 보 근

엄마랑 함께 절에 갔을 때
절을 하면서 마음속으로
소원을 빌라고 일러주셨다.

"이번 시험 반에서 1등 하게 해주세요."
"새 자전거를 선물로 받고 싶어요."
"크고 넓은 내 방이 생겼으면 좋겠어요."
정말 이루어진 것처럼내 소원만 열심히 빌었다.

난 엄마의 소원이 궁금해서
엄마에게 여쭤 보았다..
"우리 아들 공부는 조금 못해도
항상 건강하고
아무 탈 없게 해 주세요."
우리 엄마 세상에서
제일 큰 소원 듣고
마음이 따끔거리고
부끄러웠다.

대웅전 부처님이
겉으론 웃고 계셨지만
나를 얼마나 흉보셨을까?

해인사 팔만대장경 축제

경남창원호계초등학교 4학년
문 유 빈

합천 가야산 깊은 자락에
해인사가 있다.

보듬고 있는 팔만대장경판
나라를 구하는 간절한 소원이
1000년을 내려와
오랜 역사를 이루었다.

기도 속에 지켜 온
1000년 세월을
본받으려고
사람들이 해인사에 간다.

탑돌이를 하고
기와에 마음을 새기며
팔만대장경판
1000년을 지켜 온 것이
과연 무엇이었을까
생각해 본다.

사람은 100년을 살지 못해도
부처님 말씀은
1000년을 지나
다시 기나긴 역사의 강으로
흘러간다.

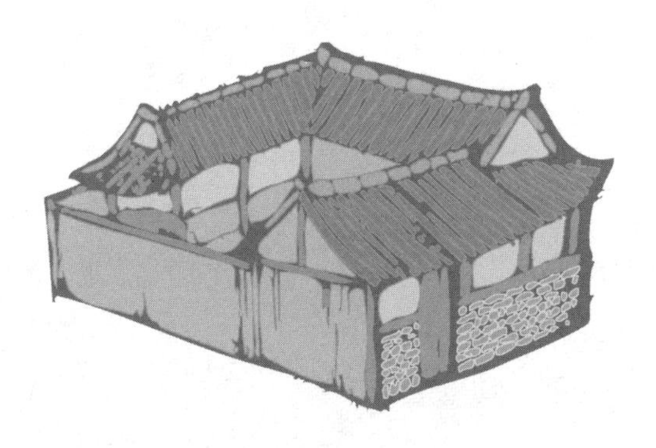

아동시부 은상

나무아미타불 관세음보살

경남창원호계초등학교 3학년
이 태 훈

엄마가 주문을 외웁니다.
우리 가족 건강하게 해주세요.
나무아미타불 관세음보살!

우리 훈이 공부 열심히 하게 해주세요.
나무아미타불 관세음보살!

주문을 외우면 소원이 이루어집니다.

나도 엄마 옆에서 소원을 빕니다.
우리 할아버지랑 외할아버지
좋은 곳에 가시게 해주세요.
나무아미타불 관세음보살!

마음을 가다듬든

경남창원호계초등학교 5학년
최 준 환

엄마의 하루는
108배로 시작된다.
일찍 일어나서
정갈한 마음으로
몸과 정신을 가다듬는
엄마의 108배

아빠의 하루는
금강경 독송으로 시작된다.
일찍 일어나서
하루를 계획하기 전
몸과 정신을 가다듬는
아빠의 금강경 독송

나의 하루는
엄마와 아빠의 기도 속에서
감사로 시작된다.
배려하는 마음
따뜻함을 나누는 마음
그 속에 가득 찬 부처님 말씀

아직 어린 여섯 살 동생도
'마하반야바라밀다~~'
칭찬받는 반야심경 독송
우리 가족 모두의
넉넉하고 평온한 일상
부처님 가르치심으로 살아간다.

연운사 스님은

경남창원호계초등학교 6학년
정　재　홍

연운사 앞 마당에
작은 연못
산토끼가 뛰어가다가 얼굴을 비춰보고
개구리가 놀라서 멀리 뛰기를 하고
연꽃과 수련은 다투듯 꽃 피고
잠자리 날아와서 짝짓기 하고
조용한 듯 저마다의 일이 있으니

산 깊은 연운사 법당에
찾아오는 사람 없어도
스님 마음 넉넉하신 이유
부처님 다 아시지
스님 마음속에 연못 있으니
스님 가슴 속에 부처님 말씀
기도로 자라고 있으니.

아동시부 동상

마음의 안식처

경남함안가야초등학교 3학년
조　서　윤

스님의 목탁소리에
잠자던 풍경이 놀라서
아침을 깨운다.

산새가 놀러와서 노래하고
아이들이 놀러와서
재잘거리는 소리에
조용하던 절을 깨운다.

스님들 공부하다
시끄러워서 혼내려다
천진난만한 아이들
웃음소리에
얼굴 한가득 웃음꽃 핀다.

부처님

경남함안가야초등학교 3학년
송 지 영

가족과 손을 잡고
룰루랄라 룰루랄라
부처님을 만나러 간다.

도착하자마자
뛰어다니다가
넘어져서
울고 말았다.

부처님이 나를
본다.

왠지 얼굴을
찌푸리는 것 같아서
울음을 멈추고
천천히 걸어서 간다.

부처님은
다시 웃으신다.

소원을 빈다.
부처님
부처님
저희 가족 행복하게 해주세요…
우리 이웃도 행복하게 해주세요…

부처님 부처님
감사합니다.
저를 웃게 해 주셔서
감사합니다.

부처님

경남함안가야초등학교 3학년
박 규 은

할머니를 따라 종종종 부처님께서는
누구를 기다리는 것일까?
합장을 마치고 나한테 성큼성큼
다가와 심장이 두근두근

"안녕하세요?"
"너 과일 좋아하냐?"
하시면서 방긋방긋 웃으셨다.
부끄럼이 많은 나 아무 말 없이

생글생글 나도 모르게 할머니께 종종종
다시 찾아온 부처님의 얼굴
아무 말 없이 그냥 과일을 주셨다.
소곤소곤
"감사합니다."

부처님께서는 항상
웃으신다.
나도 이젠 방글생글 싱글벙글
하하호호 많이 웃어야겠다.

절집 앞 약수터

경남창원호계초등학교 5학년
정 보 미

우리 동네 절집 앞에는
맑은 물 졸졸 흐르는
마음 좋은 약수터가 있다.

연세가 많으신
할아버지 스님은
마을 사람들을 위해서
약수터를 만드셨다.

'깊은 골짜기에서 흐르는 물이
그래도 수돗물보다는
낫지 않겠냐'
스님의 마음이
물줄기를 이어
우리에게로 온다.

여름에는 시원하고
겨울에는 따뜻하고
봄가을에는 더없이 좋은 물맛!
꼭 스님의 마음 같다.

부처님께

경남함안가야초등학교 5학년
최 정 희

석가탄신일에
절에 올라가서
부처님께 절하네.

"시험 잘 보게 해 주세요."
"우리 엄마 잔소리 줄여주세요."
해마다 바뀌는
내 소원

그런데
부처님의 소원은
과연 무엇일까?

우리들 중생에게
아낌없이 주시느라
소원도 못 빌고 계신 걸까?

날마다
소리도 없이
소원도 말씀 없이
그저
미소 짓는 부처님!

줄글부 대상

잊지못할 추억

경기수원상률초등학교 6학년
박 정 민

나에게 잊지 못할 추억이 한 가지 있다. 그것은 바로 여름방할 때 갔었던 '템플 스테이' 다. 여름방학 때 사촌 언니와 친언니와 함께 갔었는데 참으로 처음 겪게 되는 새로운 경험을 많이 했다. 거기선 스님들께서 입으시는 '승복' 을 입었는데 느낌이 편하고 신비로웠다.

108배도 했는데 아주 오랜만에 108배를 해서 처음에는 무척 힘들었다. 일찍 일어나서 기도하고 108배를 하는 것은 너무 힘들었다. 이런 일들을 어떻게 스님들은 매일매일 하시는지 새삼 존경스러웠다.

템플 스테이 덕분에 내가 그동안 얼마나 게을렀는지 알 수 있었고, 템플 스테이를 하면서 내가 조금이나마 부지런해진 것 같다.

그 다음에는 스님께서 법문을 해 주셨는데 특히 기억에 남는 말이 있다. '지는 것이 이기는 것이다.' 라는 말씀이다. 처음에는 이 뜻을 이해하지 못했지만 생각해 보니까 알 수 있었다. 누구와 싸우더라도 조금만 양보를 하는 것이 좋다는 것을 알았다. 나도 승부욕이 강해 더러 친구와 다투곤 하는데 누구와도 다투지 않는 공부에만 승부욕이 강해야겠다는 생각을 하게 되었다.

그곳에서 염주도 꿰었다. 108염주를 꿴다는 것이 힘들긴 했지만 다 만들고 나니까 뿌듯했다. 그리고 나무판자에 부처님이나 스님을 그리는 시간도 가졌다. 거룩하신 부처님의 모습이 우스꽝스럽게 표현되어서 부끄럽고 민망한 생각이 들기도 했다.

템플 스테이에 오니까 나를 다시 돌아볼 수 있어서 좋았다. 마지막으로 주지 스님께서 한 사람씩 법명을 지어 나눠 주셨다. 내 법명은 '향운행' 이다. 무슨 뜻인지는 잘 모르지만, 내 이름 말고 또 다른 이름이 될 법명을 받고 나니 가슴이 뿌듯했다.

나는 다시 집으로 돌아와서 부모님께 효도해야겠다는 생각을 많이 했다. 신흥사 템플 스테이는 내가 경험한 일들 중에서도 오래 잊지 못할 추억으로 남을 것이다.

줄글부 금상

스님을 만나면

울산남산초등학교 5학년
이 차 현

부처님 오신 날은 온 가족이 절에 가는 날이다. 우리 집은 내가 여섯 살 때부터 무슨 일이 있어도 부처님 오신 날만은 절에 간다. 나는 연례 행사 같은 그날이 참 좋다.

아무리 생떼를 쓰다가도 절에만 간다면 고분고분해졌던 나였다. 부처님 오신 날의 절 풍경은 호기심 많던 나에게는 신비로움이었다. 예쁜 모양의 기와지붕과 알록달록한 연등, 북적거리는 사람들만 해도 좋은 구경거리였다.

다양한 모양의 크고 작은 불상을 파는 가게도 신기했다.

"부처님이 왜 저렇게 많아?"

"절이니까 그렇지."

"아, 그래서 절에는 복이 많구나."

엄마의 대답에 내가 알은체를 했다. 가끔 길을 가다 스님을 만날 때가 있다. 젊은 스님들이 환하게 웃으며 내 인사를 받아 주면 기분이 좋았다. 아마도 부처님의 자비로운 모습을 닮아서 그런가 보다.

그러면서도 스님은 한편으로는 엄하기도 하다. 언제나 친절하지만 속은 엄한 것도 부처님의 제자여서 그런가 보다. 남에게는 친절해도 자신에게는 엄해야 수도 생활을 제대로 할 테니까 말이다.

나는 요즘 역사를 공부한다. 삼국시대와 고려시대를 배우면서 불교에 대한 것도 많이 배웠다. 특히 조선시대에는 불교를 억압했는데도 스님들이 전쟁에 나서기도 했다니 대단하다. 어떤 힘이 자신들을 억압하는 나라를 위해 목숨까지 내놓고 싸웠는지 모르겠다.

왕권 강화로 양반들이 특히 불교를 반대하기도 했지만 힘으로 맞서지 않은 스님들, 겉으로는 친절하고 속으로는 엄한 그 마음 때문인 것 같다. 그래서 절에 가면 저절로 두 손이 모아진다.

기도를 하시는 엄마를 보고 따라 하다가 습관이 된 것 같다. 뚜렷하게 무엇을 바라는 마음도 없이 두 손을 모으는 걸 보면 말이다. 그래도 두 손을 모으고 소원을 빌고 나면 뭐든 이루어질 것처럼 마음이 그득해진다.

"나무아미타불 관세음보살."

이 말은 엄마가 속상하실 때 외우는 거다. 내가 말을 안 들을 때도 외우신다. 그럴 때는 부처님께 내가 말 잘 듣게 해 달라고 비는 걸까 싶어져서 웬만하면 말을 듣게 된다. 정말이지 부처님이 나를 깨우치시는 건가 보다.

지난 봄 부처님 오신 날에 절에 가서 연등을 달았다. 우리 가족의 이름을 적은 연등을 스님이 하나하나 흐트러짐 없이 매달았다. 그 손끝에 정성이 가득했다.

스님의 손길만 봐도 우리 가족의 바람이 이루어질 것 같았다.

알록달록하게 달린 연등이 아주 고와 보였다. 그 고운 모습은 스님이 땀을 닦는 모습과 아주 잘 어울렸다. 말을 아끼며 마음으로 우리에게 가르침을 주시는 스님.

머리카락 한 올 없는 머리가 그처럼 아름다운 사람은 이 세상에서 우리 스님들뿐인 것 같다.

줄글부 은상

아름다운 불교문화

울산옥서초등학교 4학년
선 윤 승

할머니 생신을 맞아서 경주로 여행을 갔다. 경주를 대표하는 불국사와 석굴암에 갔다.

먼저 간 곳은 불국사였다. 불국사에는 석가탑과 다보탑이 있었다. 석가탑은 웅장하고 남성스러웠다. '석' 이 돌석자여서 웅장한 느낌을 받을 수 있었던 것 같다. 석가탑은 모형도 매우 단순했다. 남자들의 성격과 닮은 듯했다. 탑 이름 하나에도 얼마나 정성이 깃들었는지 느껴졌다.

다보탑은 석가탑과 정반대였다. 끝이 위로 살짝 올라가 있어서 아름답고 섬세했다. 나는 다보탑을 오래오래 보았다. 보면 볼수록 탑의 모습이 아름다웠다. 그 딱딱한 돌을 어쩌면 저렇게 깎았는지 신기했다.

"아마도 불심이 깊은 석공이 만들었을 거다."

할머니는 감탄하는 나에게 불교 문화의 아름다움을 설명하셨다. 문득 저런 탑을 만든 사람과 같은 나라 사람인 것이 자랑스러웠다.

할머니께서는 몇 번이나 감탄하셨다.

"정말 아름답구나. 매일 여기서 불공 드렸으면 좋겠다."

오랜만에 할머니가 웃는 모습을 보니 나도 기분이 절로 좋아졌다.

석가탑 앞에 아사달과 아사녀의 전설이 간단하게 적혀 있었다. 무슨 이야기인지 엄마한테 물어보니 아사달과 아사녀가 끝내 사랑을 못 이루었다는 이야기이다. 남성적인 석가탑에 그처럼 아름답고 슬픈 전설이 숨어 있을 줄은 몰랐다. 마치 슬픔을 속으로만 참는 아버지들의 모습 같았다.

아빠가 말씀하셨다.

"흐음~ 원래 멋진 남성일수록 아픔은 속으로 삭이는 법이지."

그 말씀에 우리는 모두 웃으며 불국사를 나왔다.

다음 목적지는 석굴암이었다. 석굴암에 대해서는 여러 번 다녀온 엄마가 말씀하셨다.

"석굴암은 많이 가 봐도 지겹지 않은 곳이야. 처음 가 본 너희들은 아마 오늘 석굴암 꿈꿀걸?"

엄마의 말씀에 기대가 되었다. 자동차로 오르면 금방이지만 석굴암까지 걷기로 했다. 밑에서부터 올라가려니까 앞길이 막막했다. 할머니와 엄마는 피곤하다며 밑에서 기다리기로 하고 우리끼리 올라갔다. 길이 꼬불꼬불했지만 힘든 만큼 재미있었다. 한참 가니 힘이 들었다.

"아, 짜증나! 괜히 온 것 같아. 나도 엄마랑 같이 있을 걸."

아빠 등에 업혀가는 동생을 본 나는 괜히 투정을 부렸다. 내가 힘드니 동생이 부럽고 얄미웠다.

"본존불을 뵈러 가는 동안 수행한다고 생각해. 아빠도 지금 아기부처를 업고 수행중이거든."

아빠의 말씀에 찔끔했다.

어느 새 본존불상이 있는 곳에 도착했다. 본존불상을 보자마자 나는 감탄했다.

"우와! 정말 멋지다. 올라오길 잘한 것 같아."

더 가까이서 볼 수 없는 건 아쉬웠지만 편안하고 너그러운 표정에서 아름다움이 흘렀다.

"으이그, 아깐 투정부리더니……"

아빠의 말씀은 못들은 척 그 본존불상의 인자한 미소와 부드러운 어깨선을 따라 흘려버렸다.

신기한 것은 본존불상의 시선이 문무왕 수중릉과 연결되어 있다는 사실이다. 불심으로 나라를 다스리던 신라였으니 의미가 색다른 유물이 된 것 같다.

"자, 다음 관람객을 위해 양보해 주십시오."

안내원의 말에 아쉬운 발길을 돌렸다. 혼자만 보려는 것도 욕심이라고 본존불이 말하는 것 같았다. 더 보고 싶었는데 정말 아쉬웠다. 다음을 기약할 수밖에 없었다.

불교가 하나의 종교만은 아닌 듯했다. 아름다운 문화유산을 많이 남긴 불교. 석굴암과 불국사 덕분에 잘 몰랐던 불교에 관심을 갖게 된 것이 뿌듯했다.

의림사에서

경남창원호계초등학교 4학년
손 희 지

할머니를 따라 의림사에 갔다. 졸졸졸 약수 소리와 스님들의 독경소리가 우리 가족을 반겨주었다. 목이 말라 있었기에 약수터에서 시원한 물을 마시고 법당으로 들어갔다. 개구쟁이 내 동생도 절 입구에서부터 조용히 생각에 잠긴 듯했다. 역시 절은 사람들의 마음을 정갈하게 해주는 기운이 있는가보다.

절은 분위기가 사람들을 조용하고 차분하게 만드는 특별함이 있다. 지붕은 주로 기와로 짓는데 그 무게감과 기와가 주는 안정감 때문에 사람들은 저절로 조용해지고 걸음걸이도 차분해진다.

절에는 스님들의 독경이 들려주는 엄숙함이 있다. 절 마당에 울려 퍼지는 독경소리를 들으면 뜻을 정확히 알아들을 수는 없지만 그 소리에 귀를 기울이게 되고 무슨 내용일까 생각하게 되고 내 마음속에도 평화가 온다.

절에서는 경내의 풍경 때문에 저절로 경건해진다. 절에는 여러 가지 식물이 자라는데 나무와 꽃들이 어우러져 아름다운 풍경을 보여준다. 한 그루의 나무도 한 포기의 풀도 제 자리를 지키며 열심히 살아가는 모습을 보면서 내 행동과 태도를 반성하게 된다.

절에는 풍경소리가 주는 맑음이 있다. 처마 끝에 매달린 쇳물고기가 바람이 불 때마다 들려주는 풍경소리는 아름답고 맑다. 풍경소리를 들으려고 귀를 기울이면 내 마음속의 모든 걱정과 고민이 사라지고 아름다움만 남게 된다.

절에서는 스님들의 조용한 모습을 볼 수 있다. 스님들의 얼굴은 평온하고 걸음걸이는 절도가 있으면서 차분하다. 서두르지 않고 게으름을 부리지 않는다. 그리고 우리들을 위해 날마다 기도하고 염주를 굴리는 모습에서 따뜻한 사랑을 배운다.

이런 절의 모습들은 우리들에게 말로 하지 않아도 글로 읽히지 않아도 많은 것을 가르쳐 준다. 우리들이 어떻게 하면 서로 미워하지 않고 싸우지 않고 도우면서 착하게 살아가야 하는지를 알려준다. 양보하고 질서를 지키고 자연을 보호하고 서로 사랑하면서 살아가는 참모습을 보여준다. 그래서 우리는 보고 느끼고 생각하면서 배우는 것이다.

의림사는 역사가 깊다. 우리 할머니의 할머니 때부터 다니신 곳이다. 의림사의 스님들은 바뀌셔도 의림사 대웅전의 부처님은 여전히 온화한 미소로 우리를 반겨주신다.

절에 가면 머리가 맑아지고 환해지는 느낌이 든다. 할머니를 따라 절을 하면 내 마음속에 있는 짜증과 고민이 사라지고 밝아진다.

할머니를 따라, 엄마를 따라 우리 자매는 매달 한 번씩 의림사에 간다. 오늘도 의림사에는 풍경소리가 울리고 꽃이 피고 스님의 독경소리가 은은히 울려 퍼진다.

할머니가 사는 절

울산성안초등학교 6학년
이 이 재

두어 달 전에 할머니께서 돌아가셨다. 아래층에 사셔서 매일 뵙던 할머니. 그랬던 할머니를 갑자기 뵐 수 없다니 너무 답답했다. 다행히도 할머니께서는 불교신자여서 장례식을 치른 후에 절에서 49재를 지냈다. 재는 돌아가신 분이 좋은 곳에 가시라고 하는 것이다.

스님께서 우리 가족이 모인 자리에서 부처님께 염불을 외우셨다. 염불은 우리나라 말이 아니었다. 도통 무슨 말인지 알아들을 수가 없었다. 그럴수록 무슨 말인지 알고 싶어 귀가 쫑긋 섰다. 다만 좋은 느낌은 전해졌다.

스님이 염불하는 틈틈이 돌아가신 할머니 생각이 났다. 할머니가 내 정성을 보는 것 같아서 저절로 자세가 반듯해졌다.

마지막 재가 되었을 때는 좀 오래 하였다. 마지막 재인만큼 더 열심히 염불을 들었다. 뜻도 모르는 염불이었지만 자주 들으니 익숙했고, 반갑고 편안했다.

염불을 하던 스님께서 눈물을 주르르 흘리셨다. 나도 슬퍼졌다. 할머니를 영영 떠나보내는 제여서 그런 것 같았다.

염불이 끝나자 장남인 내가 나설 차례였다.

"이걸 들고 나가거라."

엄마가 주신 할머니 사진을 들고 나갔다. 잘 붙은 불길에 할머니께서 입으시던 옷을 태웠다. 옷이 타는 동안 마음이 이상했다. 할머니 생각이 많이 났다. 할머니가 연기가 되어 하늘로 올라가시는 것 같았다.

자꾸 할머니 생각이 났다. 할머니와 함께 다른 절에 갔던 기억도 또렷하게 떠올랐다.

"할머니! 이 절 이름이 뭐야?"

"이 절은 남산사라고 하는 거야."

그 밖에도 몇 군데 절을 더 다녔다.

"절에서 절을 하니 절로 힘이 나네."

절을 하고 내가 말하자 웃으며 비빔밥을 먹고 했는데 할머니께서 조금 편찮으시더니 돌아가신 것이다. 돌아가신 후에는 할머니의 몸이 그렇게 차가운 줄 처음 알았다. 흐르던 피가 멎어서 몸이 식은 거라고 했다.

마지막 재를 올린 후에도 우리는 매주 화요일에 재를 지내러 절에 간다. 할머니 사진을 보고 간단하게 재를 지낸다.

"보살님은 좋은 데로 가셨을 겁니다."

스님의 도움 덕분에 가족의 슬픔이 덜어지는 건 다행이다. 절에서 재를 올리니까 참 좋다. 굳이 한 사람만 고생하지 않아도 되고 저절로 엄숙해져서 모두가 한 마음으로 할머니를 기릴 수 있기 때문이다. 할머니도 절을 좋아하셔서 할머니께서 절에 가실 때 자주 입었던 절복을 관 속에 같이 넣었다. 저 세상에서도 부처님을 만나러 가실 때 그 옷을 입고 가시라는 뜻이다.

"할머니! 좋은 곳에 가서 아프지 말고 편히 살고 계세요."

절에서 나오면서 가만히 속삭였다.

49재가 끝났어도 우리는 앞으로 절에 많이 가게 될 것이다. 할머니가 계신다는 생각을 잊지 않는 한 절은 우리 가까이로 다가와 있을 테니까.

줄글부 동상

절에서의 느낌

경남함안가야초등학교 3학년
박 세 환

사흘에 한 번쯤은 구인사, 청안사라는 절들을 다녀온다.

구인사는 소백산이다. 구인사에 가면 조사전이라는 아주 큰 절이 있다. 이곳은 구인사에 오면 꼭 다녀와야 하는 곳이다. 그 옆에는 돌로 된 계단이 있다. 이쪽으로 계속 올라가면 '적멸궁' 이라는 1대 스님 산소를 갈 수 있다. 아니면 뒤쪽 광명당으로 갈 수 있는 길이 있다. 점심, 아침, 저녁이 되면 공양간에서 공양을 한다. 공양은 밥이라는 뜻이다.

공양을 다 먹은 뒤 나와서 오른쪽 길로 가면 삼보당이라는 곳이 있다. 어떨 때 큰스님이 한 번씩 나오신다. 그리고 또한 계단 터널이 있는데 벽을 보면 바늘지옥, 뱀지옥, 심지어 아귀지옥까지 어마어마했다. 이것을 보고 착하게 살아야겠다고 생각했다. 반면 옆에는 천국이 그려져 있었다. 정말 화목해 보였다.

우리 가족은 지금도 화목하지만 천국처럼 더더욱 화목해지고 싶다. 한 번씩 지나가면 식수가 있다. 이것을 마시면 된다. 내려가다 보면 십이지 동물들이 차례대로 있다. 자기 띠에다가 100원이나 1,000원을 올려놓고 코끼리의 상아를 세 번 만져주면 좋다고 한다. 사람은 착하게 살아야 한다고 생각했다.

마음이 맑아지는 밥상

울산옥서초등학교 4학년
강 혜 빈

우리 가족은 동축사라는 절에 갔다. 동축사는 울산에서 가장 오래된 절이다. 신라시대에 지었는데 절을 지은 이야기가 삼국유사에도 나오는 이름난 절이다.

절은 산꼭대기에 있었다. 돌계단이 얼마나 많은지 오르는데 무척이나 힘이 들었다.

그런데 절에 올라간 시간이 점심 먹을 시간이었다. 사람들이 법당에서 나와 한 줄로 늘어섰다.

"이쪽으로 오시지요."

우리는 스님께서 친절히 안내해주셔 절에서 점심을 먹게 되었다.

나와 동생은 밥상을 보고 얼굴을 찡그렸다. 올라온 밥상에는 고기 한 점 없고, 반찬은 모두 허옜다. 고춧가루라도 묻은 건 오이무침 뿐이었다. 제대로 양념이 된 음식은 하나도 없는 것 같았다.

"에이~ 엄마 이걸 어떻게 먹어요?"

나는 젓가락만 물고 앉아 푸념을 했다.

평소에 갖가지 양념이 된 반찬이랑 밥 먹던 생각이 나서다. 내가 투덜거리자 동생도 고기도 없이 집에서 먹던 반찬보다 맛없게 보인다며 투덜거렸다. 동생은 기다리던 점심시간인데 이게 뭐냐며 불만이 많았다.

"싫어도 먹어, 절에서는 고기를 안 먹어. 여기까지 온 보람도 없고 체험이라고 생각해!"

"맛없겠다."

"스님들은 평생 동안 이것만 드시는데 한 끼도 못 먹어?"

시무룩해진 동생에게 하신 엄마의 말씀에 우리는 여전히 시무룩한 표정으로 한 입을 먹었다.

'어! 이거 꽤 맛있네!'

고소한 나물 맛이 깔끔했다.

나는 망설임도 없이 다음 숟가락을 떴다. 이때까지 먹던 음식은 아니었지만 절에서 먹는 밥맛이 굉장하다는 걸 알았다.

"어때? 담백하고 맛있지?"

엄마의 말에 나도 모르게 고개를 끄덕였다. 이번에는 더 먹고 싶어서 젓가락을 입에 문 채였다. 엄마는 절에서 밥을 먹을 때마다 양념도 안 쓰는데 어떻게 이런 맛을 내는지 알 수 없다고 하셨다.

스님들이 어딘지 깔끔하고 맑은 표정인 이유를 알 것 같았다. 이런 밥과 반찬을 먹으면 나도 스님들처럼 맑은 표정이 될까? 스님들이 항상 이런 밥상을 받는다고 생각하니 잠시 부럽기도 했다.

절에서 맛본 깔끔한 음식은 나의 편식 습관을 고쳐주었다. 평소에 밥을 잘 안 먹던 나였지만 밥을 볼 때마다 맛있어 보이고 절이 생각난다.

나는 불교를 잘 모른다. 불교신자는 아니지만 절에 대해 생각을 좋게 가지게 되었다. 절에서 먹은 담백한 음식 맛과 신자도 아닌데 친절하게 밥을 주신 스님 덕분이다. 절에서 먹는 음식 하나에서도 이렇게 배울 것이 많은데 다른 것은 얼마나 배울 것이 많을까? 불교에 대한 것도 공부를 해 보고 싶다.

'교육은 밥상머리에서' 라는 말이 생각난다. 우리가 먹는 것과 다른 절간의 밥상 하나에서 이런 걸 느낀 걸 보면 그 말이 이번 일과도 잘 맞는 것 같다. 마음이 맑아지는 밥상 다시 한 번 받아보고 싶다.

2박 3일 불교 체험

울산옥서초등학교 4학년
신 준 혁

나는 불교를 체험하기 위해서 2박 3일 동안 문수사에 간 적이 있다. 부모님과 절로 나들이를 간 적도 있지만 역사공부를 하다가 불교 체험한 건 처음이다.

문수사는 울산에 있는 절이다. 문수산에 있다. 사람들이 많았다. 일요일이라서 등산객들도 있었다.

"여기에 서!"

선생님의 말씀대로 줄을 섰다. 점심을 먹을 때 사람들이 뭐라뭐라 해서 따라 했다. 무슨 말인지 궁금했다. 나는 거기에 오래 다닌 한 형에게 물어보았다.

"형, 지금 말하는 건 뭐야?"

"아~ 이것은 부처님께 잘 먹겠습니다라고 하는 거야."

"아! 고마워."

나는 말을 몰라서 못했지만 마음속으로 잘 먹겠다고 했다. 그 형이 고마웠다. 그 뜻을 몰랐다면 아무 생각 없이 밥만 먹었을 테니 말이다. 감사한 마음으로 먹어서 그럴까? 점심이 특히 맛있었다.

잠을 잘 때는 괴로웠다. 모기들이 자꾸 날아왔다. 나는 모기약을 찾았다.

"으악~ 모기 싫어!"

내 말을 듣고 스님이 오셨다. 스님은 모기향을 피워 주셨다.

"모기도 생명이니 함부로 죽여서는 안 되겠지?"

모기약은 모기를 죽이지만 모기향은 모기를 쫓기만 해서 스님은 모기향만 쓴다고 하셨다. 모기향을 피우자 모기가 사라졌다. 편하게 잘 잤다.

다음 날은 가까운 계곡에서 놀았다.

"야~ 신난다."

우리는 계곡에 들어가려고 했다. 그런데 선생님과 엄마가 계곡에 들어가지 말라고 했다.

"왜요?"

"오늘은 불교 체험하는 중이잖아. 발만 담그고 산과 물이 전하는 말을 들어보자."

할 수 없었다. 나는 발만 담갔다. 그렇게 가만히 있자니 너무 심심했다.

"다슬기는 잡아도 돼요?"

"이제 갈 건데!"

내 물음에 선생님이 가자고 했다.

절에 돌아온 우리에게 선생님이 반야심경을 외우라고 했다. 무슨 말인지는 몰랐지만 우리는 열심히 외웠다. 자꾸 외워보니 재미있었다. 무슨 노래 같았다. 뜻도 모르는데 외우니까 마음이 편해졌다. 조금 밖에 못 외워서 아쉬웠지만 말이다.

"다 못 외운 사람은 계속해서 다 외우세요."

선생님이 말씀하셨다.

마지막 날이 되었다. 선생님이 반야심경을 다 외운 사람에게 선물을 준다고 하셨다. MP3였다. 나는 못 받았다. 노느라고 외우기를 안 했기 때문이다. 후회되었다.

"에이~ 선물이 있다고 해야죠."

"맞아요, 그랬으면 다 외웠을 건데."

우리가 투덜거렸다.

"원래 부처님은 선물을 걸고 하진 않아요, 그냥 열심히 하면 복을 얻는 거지."

선생님은 잘 알지 못할 말을 하셨다. 한 번 더 가게 된다면 그때는 꼭 다 외울 거라고 생각했지만 아직도 못 갔다.

절은 부처님께 절이나 하고 소원을 비는 곳인 줄 알았는데 그게 아니었다. 부처님과 살아가는 이야기를 하는 곳이었다. 부처님과 이야기를 하면서 자신의 마음을 닦는 곳이 절이란 걸 알았다.

문수사에 있는 스님과 선생님을 한 번 더 보고 싶다. 이번 여름방학에 엄마에게 말해서 꼭 다시 갈 것이다. 부처님과 이야기를 하면서 한 밤이라도 자고 오고 싶다.

스님을 바로 알다

울산남산초등학교 5학년
안 세 은

옛날에는 스님을 보는 일이 흔했다고 한다. 스님들이 시주를 받으러 다녔다는 걸 할머니께 들었다. 요즘은 시주를 받으러 다니는 탁발승이 없어서 길에서 스님을 만날 수 없다. 그래서일까? 나도 스님의 기억은 어렴풋한 것뿐이다.

할머니와 절에 간 적이 있다. 아직 철이 들지 않은 때였다. 절에 가다가 솜사탕을 팔고 있는 걸 보았다. 그걸 안 사주었다고 절 앞에서 나는 떼를 썼다. 그때 스님 두 사람이 다가왔다.

"저 스님들이 너 잡아간다."

할머니가 귓속말을 했다. 겁이 났다. 머리에서 반짝반짝 빛이 나는 스님을 보자니 울음이 저절로 뚝 그쳐졌다. 나는 얼른 할머니 품속으로 들어갔다. 스님 한 분이 얼굴을 찡그리면서 곧 두 손을 모아 고개를 숙였다. 할머니도 따라 하셨다.

"우린 애들 안 잡아갑니다."

스님의 말씀에 두 손을 모으다가 이내 그만 두었다. 스님들이 모두 가자마자 우리도 가만히 따라갔다.

나는 할머니께 목소리를 낮추어 물었다.

"할머니, 왜 두 손 모았어?"

"인사 한 거야."

"근데 왜 거짓말 했어? 나 목말라, 물 없어?"

"저기에 있네."

할머니가 웃으면서 가리킨 곳은 절 앞에 있는 우물가였다. 사람들이 바가지에 물을 담아 마시고 있었다. 거기에서 물을 마시는데 또 다른 스님이 왔다. 나도 서둘러 두 손을 모았다.

"안녕하세요?"

"그래!"

스님도 두 손을 모았다. 그 스님은 인자하게 웃어주기까지 했다. 회색빛의 치렁치렁한 옷에다가 빡빡머리였지만 조금도 무섭지 않았다. 솜사탕 못 먹은 게 괜히 억울했다.

잠시 후 목탁소리와 함께 무슨 소리가 절 앞마당을 가득 채웠다. 노래를 부르나 싶어 궁금했다. 할머니의 치맛자락을 잡고 큰 절 앞에서 지켜보았다. 사람들은 절을 계속 하고 있었다. 그리고 그 앞에는 큰 사람이 앉아 있었다. 나중에 알았지만 그것은 부처님이었다. 그 앞에서 스님들은 이상한 구슬을 돌리기도 하고 목탁도 두드리며 말을 이어가고 있었다.

"할머니, 뭐하는 거야?"

"응, 불공드리는 거야."

"그럼, 할머니도 소원 빌러 왔어?"

"당연하지, 우리 세은이랑 네 동생 천하가 잘 자라라고."

나는 바깥에서 가만히 서 있었다. 연꽃문양이 화사한 예쁜 절 안에 있는 부처님 동상은 화사하게 웃고 있었다. 스님도 즐거운 모습으로 목탁을 두드리고 계셨다. 그때 보니 스님이 빡빡머리였지만 참 멋있어 보였다.

많은 사람들에게 부처님의 말씀을 전하는 대단한 사람이라고 생각한다. 살생은 저지르지 않고 평생을 독신으로 살기로 하고 불교에 자신을 바친 분들이 스님이다. 옷도 한두 벌로 살다 가신 분들도 많다.

이처럼 훌륭한 분을 우는 아이나 잡아가는 걸로 오해를 했던 나, 아무리 어릴 때의 일이지만 생각하면 지금도 어이없는 웃음이 나온다.

할머니의 기도

경남함안가야초등학교 5학년
이 윤 남

우리 할머니는 불심이 지극하신 분이다.

매달 초하루와 보름에는 꼭 절에 가셔서 예불을 보신다. 그뿐 아니라 백중날, 단오날, 칠석날 등… 무슨 날이 되면 일찌감치 일어나셔서 머리를 감으시고 회색의 절옷을 입고 집을 나서신다. 또한 할머니가 즐겨 가시는 방생과 다른 절 방문도 할머니의 연례행사에 속한다.

할머니를 따라 우리 가족도 자주 예불에 참석하면서 나와 동생도 어린이 불자가 된 것이다. 여름과 겨울방학에는 어린이 캠프를 열었고 석가탄신일을 앞두고는 몇 달 전부터 등을 만들었다. 얇은 한지를 말아 만든 연꽃잎을 하나씩 쌓으며 우리는 참고 기다리는 법을 익혔다. 반야심경을 외우고 108배를 하면서 부처님의 가르침을 하나씩 배워갔다.

절에서는 모든 것을 천천히 정확히 한다. 절을 할 때도 온 몸과 마음을 다하여 예를 올리고 밥 한 톨 김치 한 조각 함부로 버리지 않는다. 자신의 모든 것을 닦고 정성으로 기도하고 참회하는 것을 배운다.

할 머니는 이제 기운이 없으셔서 예전처럼 절을 많이 올리지는 못하시지만 새벽마다 일어나셔서 꼿꼿한 모습으로 예불을 올리신다. 할머니의 기도는 가족과 친척에게만 해당하는 것이 아니라 이 세상 모든 사람을 위해서, 가난하고 외로운 이웃을 위해서 독경을 하고 절을 올린다.

그런 할머니를 뵐 때마다 나는 점점 스님을 닮아간다는 생각이 든다. 할머니가 일찍 출가를 하셨으면 지금은 명망 깊은 스님이 되어 계셨겠지만, 할머니는 결혼을 하셨으므로 아빠를 낳으셨고, 또 아빠는 나와 동생을 낳으셨다. 스님은 스님의 길이 있고 할머니는 할머니의 길을 걸어오신 것이다. 그렇지만 마음은 항상 절에 머무르신다.

나는 할머니가 언제까지나 건강한 모습으로 아침마다 부처님 전에 절을 하고 독경을 하셨으면 좋겠다. 할머니의 기도로 우리 이웃의 외로운 사람들이 삶의 희망을 찾고 기쁨을 누렸으면 좋겠다. 또한 우리나라의 경제가 안정되고 배고픔에 시달리는 북한 어린이들에게도 좋은 일이 생겼으면 좋겠다.

2012년 제29회 입상작품

- **아동시부 대상**

  초파일이 되면

  전남 목포 북교초등학교 6학년 전대산

- **아동시부 금상**

  마음 공부

  경남 창원 호계초등학교 6학년 최준환

- **아동시부 은상**

  내 동생

  경남 함안 아라초등학교 3학년 이윤송

  생명을 죽이는 못된 장난

  경기 소화초등학교 3학년 이수진

  핀들에게 미안해

  경기 상촌초등학교 6학년 박소연

- **아동시부 동상**

  자연과 생명을 사랑해요

  경기 한얼초등학교 1학년 박성찬

  스님 말씀

  경남 창원 호계초등학교 1학년 최현준

  절에 가면

  경남 창원 호계초등학교 4학년 이재민

  무정설법

  경기 상촌초등학교 4학년 이건우

  돌보는 마음

  경기 상촌초등학교 5학년 김남용

  절을 하며

  경남 함안 가야초등학교 5학년 강성모

- **줄글부 금상**

  도토리 공주 우리할머니

  서울 개일초등학교 2학년 김예림

- **줄글부 은상**

  우리나라 고유문화

  서울 경수초등학교 2학년 정소연

- **줄글부 동상**

  편식 고치기

  경기 상촌초등학교 1학년 이도훈

  저녁공양

  경기 상촌초등학교 3학년 송채원

아동시부 대상

초파일이 되면

전남목포북교초등학교 6학년
전 대 산

부처님이 이 땅에 오신
초파일이 되면
내 가슴속에도
부처님이 오신다.

길바닥 기어가는
개미 한 마리도 함부로
죽이지 말라는 그 말씀이
길을 걸을 때도 쉽사리
잊혀지지 않는다.

먹이 물고 가는
개미 한 마리
밟지 않게 피해가는
내 발길에는
자비로 가득 찬 부처님
마음이 숨 쉰다.

입구에 걸린 오색 연등이
부처님 오신 날
축하하는 마음 되어
사람들이 그려 놓은
길을 메운다.
어두운 밤 숲길 밝히는
부처님 오신 날
많은 것을 용서하고
넓은 마음이 되는
내 마음은 어느 새
부처님을 닮아간다.

아동시부 금상

마음 공부

경남창원호계초등학교 6학년
최 준 환

새벽마다
금강경 독송으로 시작하는
아버지의 하루
그 옆에서 어머니는
108배를 올린다.

욕심을 버리고
자신을 바로 보시려는
아버지의 맑은 시간

허영을 버리고
참 나를 찾으려는
어머니의 맑은 시간

그 옆에서
나와 동생도
합장을 하며
내 마음속의 미움을 버린다.
내 하루의 조급함을 버린다.

기도로 시작하는 하루
잔잔한 웃음이
우리 가족의 나날을 지켜준다.

아동시부 은상

내 동생

경남함안아라초등학교 3학년
이 윤 송

여덟 살 내 동생
학교에서는 선생님이 계시니
조용하지만
집에서는 말썽쟁이

숙제할 땐 무조건
어머니에게 도와 달라
떼를 쓰고

누나인 내 말도
잘 안 듣지만

맛있는 건
무조건 많이 달라고
소리치죠.

또 가끔씩 제멋대로라서
놀아주기 힘들어요.

어머니께서는
동생이 너무 힘들게 해서
힘든 표정이 가끔 나와요.

그것들이 모여서
주름이 되나 봐요.
엄마 얼굴에 주름이
늘어났어요.

생명을 죽이는 못된 장난

경기소화초등학교 3학년
이 수 진

집으로 돌아가던 길에
어느 작고 작은 거미줄
난 아무렇지도 않게
나무 막대기로 찌르고, 끊고…
하지만 스님은 거미줄에 걸린
풀씨를 떼어주셨어요.
스님의 따뜻한 마음씨로
거미줄과 풀씨를 살려내셨어요.
반성합니다.
용서해 주실 거죠, 부처님?

핀들에게 미안해

경기상촌초등학교 6학년
박 소 연

스님은 돌멩이를 차고선
자신이 차버린 돌에
벌레들이 맞았으면 어쩌지?
걱정이 들었다고 하셨어요.

저도 볼링장에 가서
공을 굴렸을 때
핀들이 콰르르르릉
넘어가는 걸 보고

저 핀들 엉덩이가 아프겠구나
마음이 시무룩했었어요.

물건이라도 생명이 있는 것처럼
측은지심으로
대하라던 스님 말씀이
자꾸 생각나던 날이었어요.

아동시부 동상

자연과 생명을 사랑해요

경기한얼초등학교 1학년
박 성 찬

생명은 소중해
우리가 꽃을 꺾으면
꽃이 아프겠지?
우리가 꽃이라면
팔이 떨어지는 느낌일 거야.
생명은 자연이랑 똑같아.
꽃을 꺾은 적이 있니?
그러면 하지 말라고 해.
개미를 죽인 적이 있니?
그러면 개미가 아플 거야.
우리가 개미라면 거인이 우리를
죽이는 거랑 똑같아
개미를 죽이면 하지 말라고 해.
이렇게 생명과 자연을
소중히 해야 돼.
알았지?

스님 말씀

경남창원호계초등학교 1학년
최 현 준

"부처님 귀가 왜 저렇게 커요?"
내가 물으니
"니 말 잘 들으려고!"
스님 말씀

"부처님 눈이 왜 저렇게 커요?"
내가 물으니
"니를 잘 보려고!"
스님 말씀

"스님은 왜 저를 좋아하세요?"
내가 물으니
"니가 절을 잘 하니까!"
스님 말씀

절에 가면

경남창원호계초등학교 4학년
이　재　민

묘적사에 가서
절을 할 때
다리가 저리고 아팠다.
눈을 반쯤 뜨고
부처님 쳐다보니
부처님이 웃으신다.
"천천히 하거라!"
'부처님은 모든 게 용서'

참선한다고
좌선할 때
다리가 저리고 아팠다.
쭉 뻗고 싶고
그만 일어나고 싶어
부처님을 쳐다보니
부처님이 웃으신다.
"힘들구나 다리 펴거라!"
'부처님은 모든 게 OK'

공양주 보살님
공양하실 때
조금만 달라고 부탁드렸다.
야채 말고
통닭이랑 삼겹살 생각나서
부처님 쳐다보니
부처님이 웃으신다.
"집에 가면 많이 먹어!"
'부처님은 모든 게 괜찮대'

무정설법

경기상촌초등학교 4학년
이 건 우

"물소리를 안으로 받아들이면
그것이 몸속을 돌아 흐르며
걱정이나 욕심을 씻어내느니라."
스님의 말씀
시골 작은아빠 댁
개울물 소리 들으면
마음이 편안해졌던
기억이 나요.

스님의 무정설법
늘 마음에 새기며
마음을 물로 씻어내야겠어요.
미운 마음까지도요.

돌보는 마음

경기상촌초등학교 5학년
김 남 용

우리 동네 스님은
엄마 잃은 아이를 데려다
돌보세요.

나무에서 떨어져
날개 다친 새끼 까치도
데려와
돌보세요.

제가 지쳐서
힘들 때 찾아가면
마음을 돌봐주세요.

우리 스님은 참 바쁘세요.

절을 하며

경남함안가야초등학교 5학년
강 성 모

석가탄신일에
절에 올라가서
부처님께 절하네.

"시험 잘 보게 해 주세요."
"우리 엄마 잔소리 줄여주세요."
해마다 바뀌는
내 소원

그런데
부처님의 소원은
과연 무엇일까?

우리들 중생에게
아낌없이 주시느라
소원도 못 빌고 계신 걸까?

날마다
소리도 없이
소원도 말씀 없이
그저
미소 짓는 부처님!

줄글부 금상

도토리 공주 우리할머니

서울개일초등학교 2학년
김 예 림

할머니 따라 능인선원에 갔다. 부처님께 기도를 했다. 뭐라고 빌었냐면 할머니께서 건강하라고 기도를 했다. 할머니는 다리가 아픈데도 도토리를 주우러 다니신다. 그래서 많이 속상하다.

할머니는 주워온 도토리를 손질하여 도토리묵을 만들어 이웃과 나누어 먹는데 도토리가 묵으로 만들어지기까지 무척이나 힘들어 하신다. 산에서 주워온 도토리를 물에 며칠 간 담궜다가 햇볕에 바짝 말려 껍질을 벗겨 도토리 가루를 만든다.

껍질 벗겨진 도토리를 기계에 넣고 나무방망이로 쿵쿵 빻는다. 도토리가루를 물에 불려서 베자루에 넣고 국물을 뽑아 낸 다음 건더기는 버리고 이틀 동안 떫은맛을 우려낸 다음 보자기에 붓고 햇볕에 다시 말리면 도토리 전분 가루가 나온다.

할머니는 정성스럽게 만든 도토리가루로 큰 솥에 묵을 쑤어서 우리 가족들과 이웃에 홀로 계신 꽃집 할머니와 가족이 많은 대박이 할머니 집과 수연이 언니 집에 골고루 나누어 주신다. 그리고는 밤새도록 다리가 아프다고 끙끙 앓으시느라 잠을 못 주무신다.

우리 식구들은 할머니가 아프시면 속상해 하신다. 할머니는 애써 만드신 맛있는 음식도 아낌없이 이웃 분들과 나눠 드신다. 치아가 좋지 않은 꽃집 할머니께서 맛있게 드셨다며 "예림이 할머니는 도토리공주다!" 하셨다.

그 말이 우스워서 우리 식구들은 웃었다. 할머니는 도토리를 한 톨 한 톨 주울 때마다. 허리를 폈다 구부렸다 하셔서 무릎과 허리에 병이 심하게 났다한다. 나는 능인선원에 가서 부처님께 기도를 했다.

"부처님, 부처님 도토리 공주 우리 할머니 제발 건강하게 해 주세요! 우리 할머니는 이웃을 돌보시는 착한 할머니잖아요!" 하고 기도했더니 부처님이 알았다는 듯이 빙그레 웃으신다.

난 안심이 되었다.

줄글부 은상

우리나라 고유문화

서울경수초등학교 2학년
정 소 연

조선을 건국한 태조 이성계는 한양 즉, 지금의 서울을 도읍으로 정한 다음 종묘와 사직을 세웠습니다.

태조는 북악산 남쪽 기슭에 왕궁을 지었고 그래서 만들어진 왕궁이 경복궁이랍니다.

그래서 경회루를 비롯해 아름답고 웅장한 건물들이 계속 지어지고 선조 25년에 일어난 임진왜란 때문에 건물들이 파괴되고 그 자리에 경복궁을 다시 세웠다고 합니다.

경복궁 안으로 더 들어가면 규모는 작지만 아름다운 향원정이라는 연못이 있습니다.

덕수궁은 조선왕조인 500년 역사를 통하여 한양에 궁궐 다섯 채를 지었고 당시에는 경운궁이라고 했고 고종은 순종에게 왕위를 물려주고 나서 경운궁에 머물렀습니다.

덕수궁은 정문인 대한문을 통해 넓은 잔디밭에 세종대왕 동상이 있고 주변에는 고풍스러운 옛 건물들이 있습니다.

나라 일을 돌보던 궁전인 중화전 정전에서 왕이 머물렀답니다.

그 밖에 즉조당, 광명문, 석어당, 준명당, 함녕전 같은 옛 건물도 있고 전통 목조건축물과 서양식 건물도 있습니다.

고종 황제가 다과를 들며 음악 감상을 하던 곳입니다.

석굴암은 토함산 정상에서 동쪽으로 약간 내려간 곳이고, 다섯 산 중에 하나이고 국방산의 요충이기도 합니다.

신라 문무왕이 죽어서 대왕암과 석굴암은 일직선상으로 바라보고 많은 학자들은 석굴암을 두고 계획에 의해 만든 호국사찰이라고 합니다.

불국사의 무속 암자 중 하나인 석굴암은 하나의 사찰을 압축시켜 놓은 듯한 구도를 하고 있습니다.

내부도 전실에서 굴실로 들어가다 보면 벽면에 새겨져 있는 서른여덟 개의 조각상이 눈길을 끌기도 합니다.

석굴암은 전실과 후실이 완전하며 불상들이 살아있는 것 같이 아름답다고 표현을 했습니다.

조선시대의 화가 정선도 '교남명승천' 에 경주의 골굴암과 석굴암을 그려놓고 정시한과 정선의 그림과 기록은 훗날 전실을 복원하는데 많은 도움이 되었습니다.

얼마 후, 일본인들이 자기 나라로 돌아가자 버려지다가 1962년에 석굴암 복구 작업이 시작되었습니다. 석굴암 전실에는 가부좌와 본존불 뒤에 십일면관음보살상이 새겨져 있는데 조화와 질서가 느껴진답니다. 나는 탑들을 사진으로만 보아도 참 멋지고 사랑스러웠습니다. 다른 문화재들도 고결하게 느껴졌습니다.

저는 불국사, 경복궁, 덕수궁들을 가보고 싶습니다. 문화유산을 불에 타지 않는 재료로 만들었으면 좋겠습니다. 조상들이 만든 문화재를 영원히 보았으면 합니다.

앞으로 우리 문화유산을 국민 모두가 지켜야겠습니다. 언제 보아도 기억에 남는 우리 문화유산을 잘 보존하여야 하겠습니다.

줄글부 동상

편식 고치기

경기상촌초등학교 1학년
이 도 훈

나는 버섯을 싫어합니다.
버섯을 먹으면 토할 것 같아요.

그런데 점심 공양에 버섯이
나온 거예요.
어쩌지?
눈치만 보는데
스님은 싹싹 드세요.
저도 따라 먹어 봤어요.

어? 맛있어요.
저도 점심공양 싹싹 비웠어요.
합장할 때 마음이 행복했어요.

저녁공양

경기상촌초등학교 3학년
송 채 원

5시가 됐어요. 저녁공양 시간이에요.

김치, 콩나물, 양배추절임과 된장국, 콩밥… 넓은 접시에 밥을 받고 따뜻한 물을 받아요. 된장국과 콩나물을 쓱쓱 비벼서 먹어요. 김치를 된장국에 얹어서 먹고요. 양배추절임을 된장국건더기와 같이 먹어요.

쓱싹쓱싹 고추 한 개까지 먹으니 마음이 좋아요. 스님께서 잘 했다며 머리를 쓰다듬어 주셨어요. 기분까지 좋아졌어요.

사실은요.
저 집에선 채소 전혀 안 먹었어요.

합장

2013년 제30회 입상작품

- **아동시부 대상**

  개화산 약사사

  서울 치현초등학교 4학년 이재범

- **아동시부 금상**

  목탁소리

  서울 강월초등학교 2학년 권민재

  웃으시는 부처님

  제주 서귀포 수산초등학교 4학년 김예진

- **아동시부 은상**

  용천사

  서울 강월초등학교 2학년 이희수

  절의 종소리

  제주 서귀포 수산초등학교 4학년 강혜진

  약사사 3층석탑

  서울 치현초등학교 4학년 문주영

  절교한 까치

  경기 상촌초등학교 4학년 송채원

- **아동시부 동상**

  부처님

  서울 강월초등학교 2학년 최창열

  아기 업은 여치

  경기 정천초등학교 2학년 김태희

  호박도둑에게

  경기 신봉초등학교 2학년 양 빈

  눈이 내린 날

  경기 상촌초등학교 4학년 윤정현

  절

  서울 삼정초등학교 5학년 윤서현

  라면

  경기 소화초등학교 5학년 진다혜

  미래

  전남 문덕초등학교 6학년 강승우

- **줄글부 대상**

  만 배의 지혜

  전남 보성 문덕초등학교 4학년 박신웅

- **줄글부 금상**

  나도 동물이다

  경기 수원 동신초등학교 2학년 이 은호

  자랑스러운 대한민국

  경남 가야 아라초등학교 5학년 이호영

- **줄글부 은상**

  '왕벌의 비행' 을 듣고

  경남 가야 아라초등학교 2학년 서은주

  나의 친구, 산과 절

  서울 삼정초등학교 6학년 이다연

- **줄글부 동상**

  '화요일의 두꺼비' 를 읽고

  경기 군포 한얼초등학교 2학년 박성찬

  나의 생일

  경남 가야 아라초등학교 3학년 황지언

  친 구

  경남 산청 신천초등학교 5학년 이다은

  안개를 보면

  전남 문덕초등학교 5학년 이유진

아동시부 대상

개화산 약사사

서울치현초등학교 4학년
이 재 범

개화산에 올라가면
다람쥐도 절을 해요

약사사 부처님 보고
고개를 까닥까닥
두 손 모아 합장해요

개화산에 올라가면
산새들도 공부해요

스님들을 따라서
짹재그르 짹재글
조그만 입으로
불경을 읽어요.

아동시부 금상

목탁소리

서울강월초등학교 2학년
권 민 재

탁 탁 탁 목탁소리
울려 퍼지네

똑 똑 똑
곱고도 고운 소리

턱 턱 턱
"와 아주 맑은 소리다."
목탁 치며 절하는 스님

너도 나도 스님처럼
예쁘게 멋지게 절하자.

웃으시는 부처님

제주서귀포수산초등학교 4학년
김 예 진

엄마와 함께
절에 갔더니

부처님이 나를 보고
웃으셔요.

왜 웃으시는 걸까?
내 마음에는
행복과 불행이 있지만

부처님은 내가
행복한 줄만
아시나봐.

왠지 부처님을 보면
내 마음이 기뻐져

"그래 난 행복해."
혼자 속으로 말해본다.

아동시부 은상

용천사

서울강월초등학교 2학년
이 희 수

복잡한 도심 속
목탁소리 울리며
반갑게 맞이하네

사대천왕 바라보며
속세의 때 벗어내고
부처님 앞에 귀의하네.

은은한 향내음에
모든 걱정 털어내고
이 순간 내가 부처님이네.

절의 종소리

제주서귀포수산초등학교 4학년
강 혜 진

고요한 절 내를
울리는 종소리

그 종소리가
내 마음을 편안하게 한다.

이름이 새겨져 있는 종

종이 울리면
그 이름들이 울려 퍼지는 것 같다.

약사사 3층석탑

서울치현초등학교 4학년
문 주 영

고려시대부터 지금까지
우리 동네를 지키고 있는
동네 수호신

아마도
고려의 석수장이는
1층 돌 지붕 얹으며
부처님 생각

2층 돌 지붕 얹으며
부처님 생각

3층 돌 지붕 얹으며
나무아미타불
감사드리며
바치셨겠다.

손으로 한 조각 한 조각
정성들여서
아주 멋진 3층 석탑을
지으셨겠다.

절교한 까치

경기상촌초등학교 4학년
송 채 원

까치 두 마리
전깃줄에 나란히 앉아
흥!
외면하고 있다.

절교했나 보다.

아동시부 동상

부처님

서울강월초등학교 2학년
최 창 열

절의 주인 부처님
자비로우신 부처님

신기한 미소를 지으시는 부처님
부처님의 사랑 느껴지네

부처님이 사랑하시는 우리
우리를 소중히 여기자

부처님은 나
나도 부처님을 배우자

우리도 부처님처럼
자비롭게 변하자.

아기 업은 여치

경기정천초등학교 2학년
김 태 희

잡았다!
풀숲에서 여치를 잡았는데
아기를 업었다.
엄마 여치가 아기 여치를 업었다.
아기 여치가
엄마여치를 꽉 잡고 있다.
얼마나 무서우면
엄마 여치도 눈을 똥그랗게
뜨고 있다.

동생 대기는 저 쪽
개울가에서 놀고 있다.
대기를 부르면
못살게 굴지도 몰라.

나는 살그머니 풀 위에
내려놓았다.
업힌 아기 여치가 떨어지지 않게
살살 놓는데
떨어트릴까봐
내 손이 바들바들 떨렸다.

호박도둑에게

경기신봉초등학교 2학년
양 빈

호박 따가지 마세요!
엄마랑 힘들게 심은 호박이에요.
아바가 벌한테도 쏘이고 지네도 무서웠지만
힘들게 심은 호박이에요.
비가 올 때도 와보고
우리가 심을 때에도 시간이 많이 걸렸어요.
왜 많은 호박 중에 우리 호박만
따가세요?
이 호박에는 우리의 정성이 담겨 있습니다.

호박 도둑!
우리 밭 옆에 참나무들이 CCTV입니다.
다 보고 있습니다.
우리 호박을 제발, 제발, 따가지 마세요.

눈이 내린 날

경기상촌초등학교 4학년
윤 정 현

앞산도 눈 산
길도 눈길
학교도 눈 학교
운동장도 눈 운동장
온 세상이 눈 세상

나도 눈사람이 되어서
집에 간다.

절

서울삼정초등학교 5학년
윤 서 현

우리나라 유적지는
모두모두 절에 있네.
그래서 그런지
참 신성한 기운이
느껴지네.

절에는 우리나라의
역사가 잔잔히 흐르지
그래서 그런지
참 신비스럽지.

라면

경기소화초등학교 5학년
진 다 혜

나는 매주 일요일마다
라면을 끓인다.
중3인 언니 도서관 가기 전에

"빨리 끓여! 곧 있으면 가야 해!"
언니가 소리를 지른다.

그럼 나는
제발 언니가 끓여 외치고 싶지만
참는다.

나 열날 때
밤새 물수건 해 준 일
참 고마워서.

미래

전남문덕초등학교 6학년
강 승 우

나의 미래는 알 수 없다
안개처럼 말이다.

안개 사이로 지나다보면
나도 모르게 다른 길로 가고 있다.
뒤돌아보면 역시 안개 속

비록 앞뒤를 알 수 없지만
안개 속으로 떠오르는 해처럼
부처님의 가르침으로
나의 미래를 열어갈 것이다.

줄글부 대상

만 배의 지혜

전남보성문덕초등학교 4학년
박 신 웅

나는 문덕면에 있는 봉갑사에서 생활할 때 참 많은 체험을 하였다. 제일 힘들었던 것은 부처님께 만 배를 하는 것이었다. 나는 일각스님과 한 팀이 되어 만 배를 시작했다. 처음 시작한 곳은 미륵존불이 계신 곳이었다. 3,000배를 하고 나니 땀이 엄청 흘러 몸이 다 젖었다. 다 하고 나니 밤이 되었다. 다리도 고통스럽게 아팠는데, 팔각정에 올라가서 아미타부처님께 또 3,000배를 시작하였다. 그런데 너무 졸음이 와서 150배만 하고 포터를 타고 갔다.

다음 날 아침에 일어나서 아미타부처님께 3,000배를 다 마무리 하고 아미타부처님에 대해 알아보았다. 아미타부처님은 석가모니부처님이 오시기 전에 오셔서 불쌍한 사람들이나 착한 사람들에게 복을 주었다고 한다. 나도 착하고 정직한 사람이 되기 위해서 더 열심히 만 배를 끝까지 하겠다고 생각하였다.

나는 광명진언을 외면서 더 열심히 절을 하였다. 절을 하면서도 '교하도 지금 법당에서 절을 하고 있을 거야' 생각하며 계속하였다. 내가 왜 이렇게 만 배를 하냐 하면 첫째는 할머니가 오래 사실 수 있도록 기도하기 위해서이고, 또 만 배는 특별한 체험이기 때문이다. 그래서 점심 먹기 전에 3,000배를 다 하고 법당으로 갔다. 그 때까지 나는 6,000배를 하였으니 이제 4,000배만 하면 만 배가 된다.

나는 점심을 먹고 나서 또 법당으로 가서 깔개를 깔고 똑딱이를 누루며 3,000배를 시작하였다. 저녁때까지 하고, 또 저녁을 먹고 저녁 11시쯤 710배를 하고 잠을 잤다.

다음 날 아침, 달력을 보니, 마지막 날이었다. 아침을 먹고 절을 하려니 다리가 덜덜덜 하고 너무 떨렸다. 그래도 나는 만 배를 다하기 위해 절을 시작했다. 점심을 먹을 때까지 땀이 흠뻑 나도록 3,000배를 하였다.

내가 점심을 먹고 있는데 부처님 오신 날 행사가 시작되었다. 나는 급히 밥을 먹고 마지막 1,000배를 하려고 법당으로 갔다. 지금까지 한 것이 모두 9,000배이기 때문에 이제 1,000배만 하면 만 배가 된다. 나는 포카리스 한 목음을 마시고 1분 정도 쉬다가 다리를 풀고 나서 1,000배를 시작하였다. 똑딱이에서 100배, 200배가 될수록 힘은 들어도 빨리 하고 싶어졌다. 드디어 만 배가 끝났다. 마지막에는 한참을 엎드려 있다가 일어나 방석과 위패 같은 물건을 정리한 뒤 법당을 나왔다. 만 배를 끝내고 나니, 내가 대단하다는 생각이 들고 기분도 상쾌했다. 이제는 무어든지 마음만 먹으면 다 할 것 같았다.

줄글부 금상

나도 동물이다

경기수원동신초등학교 2학년
이 은 호

학교 앞에서 메추리와 병아리를 팔았다. 병아리는 한 마리에 천 원, 메추리는 한 마리에 오백 원이었다. 나는 삐약삐약 짹짹거리는 게 예뻤지만 눈으로만 봤다. 파는 할머니가 절대로 만지지 말라고 해서였다. 어떤 형아가 병아리 한 마리를 샀다. 그 형아가 병아리를 비닐종이에 담아가지고 가다가 갑자기 하늘로 휙 던졌다. 나는 그 모습을 보다가 소리를 지를 뻔 했다. 너무나 무서웠다. 병아리는 비닐종이째 땅바닥에 탁 부딪히며 떨어졌다. 비닐종이 안에서 병아리가 아픈지 째액째액째액 울었다. 너무 아픈지 울음을 그치지 않았다. 그 형아는 그 모습을 보고도 에이, 하며 발로 툭 툭 차고 갔다. 어떻게 저렇게 잔인할 수 있지? 나는 달려가서 말리고 싶었다. 그 다리를 깨물고 싶었다. 그런데 눈물만 났다. 너무 큰 형이라서 그렇게 못했다. 나는 너무 충격이었다. 그러던 오늘 〈'동물 해방론' 은 동정심에서 나온 것일까요-한겨레신문〉이 있기에 그 병아리도 생각나 아버지께 읽어달라고 했다. 그런데 너무도 끔찍했다. 동물을 잡아다 실험을 하는 내용도 있었다. 나는 토할 것 같았다. 나도 그런 동물 중 한 명인데 사람은 너무 무섭고 잔인하다고 생각되어졌다. 학교 앞에서 병아리를 비닐종이째 차고 가던 일이 떠올랐다. 내가 달려가서 그 병아리를 살려주지 못한 것이 아직도 슬픈데 이

신문을 읽고 더 슬퍼졌다. 세상에는 고통 받는 동물들이 너무나 많았다. 어떻게 하면 다른 동물들이 사람동물에게 잡혀서 고통을 당하고 죽지 않을까? 우리 모두 다 평화롭게 사이좋게 살아가야 하는데 사람들은 병아리 차고 가던 그 형아처럼 다른 동물들을 학대한다. 그래도 지금이라도 바다로 돌아간 돌고래 제돌이는 정말 다행이고 잘 됐다. 아버지도 나쁜 사람들이 동물을 잡아서 학대하고 죽이지 않도록 튼튼한 법으로 막고 또 그런 사람들은 큰 벌에 처해서 다시는 동물들을 학대하지 않게 만들어야 한다고 했다. 나도 같은 생각이다. 동물을 학대하는 일은 죄라는 것을 알게 해야 한다. 병아리를 찼던 그 형아는 자기가 한 일이 죄라는 걸 꼭 알게 되었으면 좋겠다. 우리 사람도 동물이다. 그 사실을 꼭 기억하고 나부터도 모든 생명을 함부로 하지 않겠다. 제돌이 돌고래는 지금쯤 어느 바다를 헤엄치고 있을까? 자유롭게 자유롭게 살았으면 좋겠다. 아, 기분이 조금 나아진다. 희망이 있으니까.

자랑스러운 대한민국

경남가야아라초등학교 5학년
이 호 영

얼마 전 텔레비전 프로그램에서 연예인들이 우리나라 역사에 대한 퀴즈를 푸는 모습을 보았다. 누구나 알 것 같은 문제였는데 제대로 풀지 못하는 것을 보고, 처음에는 웃어 넘겼으나 왜 그런 것도 모르나 하는 생각이 들었다. 뒤이어 개그맨들이 우리나라 역사에 대해서 강의하는 내용을 듣고 나도 우리나라 역사를 잘 모르고 있었다는 것을 느꼈다.

우리나라 역사는 많이 슬픈 역사이다. 일제강점기와 6·25 등 안 좋은 일들이 많았다. 또 전 세계에서 반으로 갈라진 나라는 우리나라뿐이다. 하지만 우리나라 역사는 이런 어려운 일을 잘 이겨내는 역사였다. 우리나라를 침략한 이토 히로부미를 처단한 안중근 의사는 일본 감옥에 갇혀서도 그 기개를 잊지 않았다. 안중근 의사의 어머니는 일본군에게 목숨을 구걸하기보다는 대한민국을 위해 죽길 바랬다고 한다. 또한 일본 간부들에게 폭탄을 던진 윤봉길 의사, 가녀린 몸으로 3·1만세운동을 이끌었던 유관순 열사, 이런 분들이 싸워 이겼기에 지금의 대한민국이 된 것이다.

지금 대한민국은 세계 최고의 IT강국으로, 10위권 안에 드는 경제대국으로 전 세계에 한류를 전파하는 문화대국으로 성장하였다.

그 바탕에는 고난과 싸워 이긴 역사가 있었다. 만약 우리가 이런 역사를 잊어버린다면 지금의 대한민국은 뙤약볕 아래 얼음조각처럼 녹아 없어져 버릴 것이다.

우리는 역사를 더 공부해 더욱 더 자랑스러운 대한민국을 만들어야겠다.

줄글부 은상

'왕벌의 비행'을 듣고

경남가야아라초등학교 2학년
서 은 주

통합시간에 아름다운 음악을 들었다.

제목은 '왕벌의 비행' 이다.

리듬이 어려웠지만 재미있게 들렸다.

음악의 흐름에 따라 손을 움직여보고 그림으로도 나타내어 보았다.

연주를 들으면서 벌의 움직임을 몸을 움직여 표현해 보았다.

왕벌이 날아다니는 모습, 공격하는 모습, 꿀을 먹는 모습 등을 표현할 때는 내가 꼭 왕벌이 된 것 같았다. 아름다운 음악이다.

그리고 왕벌이 아기 벌들을 데리고 가는 모습 같기도 하고 우는 것 같기도 했다. '왕벌의 비행' 은 참 재미있었다.

나의 친구, 산과 절

서울삼정초등학교 6학년
이 다 연

"핵핵핵, 뭐 이리 계단이 많아?"

지난 일요일에 우리 가족은 우리 동네 미타사에 가고 있었다.

예전에 갈 적에는 마치 김포공항까지 걸어간 것처럼 멀게 느껴졌는데 이제는 거뜬하다.

햇볕이 드는 큰 바위에 앉아있으면 저 멀리 이마트에서 공항까지 한눈에 보인다. 다만 나른해져 잠이 오는 것만은 막을 수가 없다.

다시 찾은 미타사는 눈에 띄게 바뀌었다. 곳곳에 하늘거리는 코스모스 꽃과 보라색 꽃들, 반듯하게 꾸며놓은 아름다운 정원까지……. 정말 감탄사가 저절로 나온다.

잠시 돌에 앉았더니 스르르 잠이 온다. 마치 따뜻한 햇살이 나를 포근하게 덮어주는 듯하다.

"우와!"

우리 가족은 또 다른 절에 와 있다. 서울에서 자동차로 3시간이 걸린다. 이렇게 멀리 강원도까지 와서 본 이 절은 나의 멀미를 잊게 해주었다. 멋지고 예쁘게 지어진 기와지붕과 때마침 핀 진달래꽃과 화사한 해님까지 아름다운 풍경이었다. 이럴 때 카메라 셔터가 눌러지는 건 아무도 막을 수가 없다.

아기자기한 돌길과 계단을 지나자 또 다른 절이 나왔다. 조그마한 불상을 모셔놓은 절에게 잠깐 내 영혼을 맡긴 것 같다. 몸을 정화해주는 기분이었다.

돌아오면서 나는 내가 찍은 사진을 다시 보았다. 날씨가 좋아서 잘 찍혀진 사진을 보니 저절로 웃음이 나온다.

역시 산과 함께 있는 절은 내 몸을, 내 마음과 내 기분을 깨끗하게 해준다.

이렇게 예쁜 겉모습만이 내 기억에 남고 눈길을 끈 것은 아니다.

4학년 때 나는 부여에 있는 고란사에 간 적이 있다. 그때 촉촉하고 상쾌한 공기가 나를 마중 나왔다.

소나무와 떡갈나무 같은 여러 나무가 뿜어주는 상쾌한 공기를 마시면서 걷다보니 어느새 고란사가 보였다. 졸졸졸 흐르는 물소리를 들으면서 나는 고란사 이곳저곳을 구경했다.

마지막으로 임금님이 즐겨 마셨다는 고란사 우물물을 마셔 보았다. 약간 희한한 맛이었지만 시원하고 깨끗한 물맛이 그 텁텁함을 지워주었다. 고란초도 살짝 뽑아서 이리저리 돌려 보았다.

우물물 때문인가. 고란사의 흙바닥 길은 먼지가 나지 않았다.

나는 배웅을 받듯이 고란사를 떠났다.

'흔들흔들'

나는 지금 강원도에 와있다. 흔들바위까지 온 우리 가족은 흔들바위를 힘껏 밀어보았다.

"우와, 진짜 흔들려."

우리는 조금씩 흔들리는 바위를 보며 소리를 질렀다. 그러다가 이 바위가 떨어지면 어쩌나 하고 걱정을 했다.

우리는 더 위로 울산바위로 올라갔다. 진짜 계단도 많고 길도 험했다. 한 번은 오빠가 낭떠러지를 길로 착각하고 가는 사고가 있었다. 다행히도 아빠가 잡아주어서 위험에서 벗어났다.

"으악!"

갑자기 누군가가 떨어졌다. 암반에서 첫 번째로 가던 사람이 떨어졌다고 사람들이 웅성댄다. 우리 가족은 서로의 얼굴을 보고 긴장하였다.

이렇게 우여곡절 끝에 정상에 왔다. 발밑으로 보이는 아찔한 광경에 다리가 후들거려서 한 발짝도 조심했다. 하지만 그 쾌감은 오로지 올라가 본 사람만이 알 수 있다.

처음에는 후회한 등산이 내려올 때는 성취감이라는 큰 선물을 받고 즐겁게 돌아왔다.

나는 한껏 들뜬 마음으로 다시 한 번 더 오고 싶다는 생각을 했다.

줄글부 동상

'화요일의 두꺼비'를 읽고

경기군포한얼초등학교 2학년
박 성 찬

워턴아, 너 정말 대단해.

그 겨울에 딱정벌레 과자를 고모에게 드리겠다고 눈 쌓인 땅 위로 나가겠다니 나라면 상상도 못해. 난 추위도 많이 타.

아이스하키를 배우는데 제일 싫은 점이 춥다는 거거든. 더군다나 너는 두꺼비잖아. 팔짝팔짝 뛸 수도 없는 겨울에 말이야.

그래도 용기가 대단해. 모험심도 많구나. 스키를 타고 가겠다니 말이야.

그리고 마음도 참 착하구나. 왜냐고? 스키를 타고 가다가 만난 사슴쥐 이야기를 하는 거야. 네가 눈밭에 파묻힌 사슴쥐를 꺼내주지 않았으면 으휴, 그 사슴쥐가 고맙다고 네게 빨간 목도리를 선물해 주었지? 그 목도리를 두르고 가면 사슴쥐들이 도움을 줄 거라는 말과 함께 말이야.

여행은 이렇게 좋은 친구를 만나기도 한다니까.

아무튼 넌 결국 위험에 처하고 말았잖아. 무시무시한 올빼미를 만난 것 말이야. 난 그 장면에서 내 심장이 터지는 줄 알았어.

난 남자지만 조금 소심해서 무서운 일이 있으면 피하고 싶거든. 그리고 넌 엉뚱하기도 해.

올빼미한테 잡혀가서 올빼미가 여섯 밤이 지난 다음 주 화요일에 너를 잡아먹겠다고 달력을 보라고 했을 때 네가 그랬잖아.

'신나는 사계절 숲 속' 이라고 쓰여 있다고. 그게 아니라 그 화요일이 올빼미 생일날이라 잡아먹힐 날짜를 보라고 한 건데 말이야.

하하하하! 넌 정말 엉뚱한 아이야. 올빼미는 네게 멍청하다고 했지만 말이야. 아무튼 명랑하고 엉뚱한 네게 반했어.

잡아먹힐 날짜를 받아 둔 넌 오히려 콧노래를 부르고 올빼미 집을 청소하고 올빼미에게 조지라는 이름까지 지어주었잖아. 올빼미는 나처럼 네게 반한 것이 틀림없어. 그렇지 않고서야 올빼미는 그동안 사냥하면서 있었던 모험담을 네게 그렇게 재미있게 말해주지 않았겠지.

워턴 이야기에는 조지가, 조지 이야기엔 워턴이 서로 귀를 기울이는 모습을 보면서 짐작했어. 친구가 되었구나, 하고 말이야.

하지만 워턴 너는 탈출을 위해 노력하고 있었어. 정말 다행이야. 가지고 갔던 스웨터 털실을 풀어서 사다리를 만들기로 했잖아.

쉿, 나도 비밀로 할게. 아무튼 조지는 완전히 네게 빠져 들었어. 차도 함께 마시면서 이야기 하는 재미에 말이야.

그런데 네게 노간주나무 열매 차를 제일 좋아한다는 말에 조지는 잠깐 무슨 생각을 하는 것 같았어.

아, 그런데 네 탈출 계획은 결국 조지에게 들키고 말았지.

이젠 어떡해. 나는 정말 하늘이 노랗게 변했어. 조지가 화를 낼 땐 금방 잡아먹히는 줄 알았다고.

그러다가 네가 탈출할 수 있는 길이 기가 막히게 생긴 거잖아. 사슴쥐, 씨이가 와서 탈출을 시켜준 거잖아. 처음에 사슴쥐를 구해주고 보답을 받은 거야.

씨이가 만들어온 스키를 타고 넌 씽씽 자유를 향해 달렸지. 나도 추위를 많이 타지만 그때만큼은 나도 신나게 함께 달리는 기분이었어.

그런데 그때 저 멀리서 올빼미 조지가 사나운 여우한테 당하고 있는 모습이 보인 거야.

우와, 그때 넌 조금도 망설이지 않고 조지를 구하러 달려갔지?

왜 그랬어? 나라면 그렇게 못했을 거야.

어이가 없었지만 사슴쥐들도 여우를 공격하기 위해 달려들었지.

날개를 심하게 찢긴 올빼미 조지와 워턴 너희가 나눈 인사가 참 기억에 남아. 그 순간에 "안녕, 워티." / "안녕, 조지." / "네가 여긴 웬일이야?" / "탈출하고 있는 중이야."

이 대화를 보고 배를 잡고 웃었어.

그런데 조지가 쪽지를 두고 나왔는데 워턴 네가 못 본 거야. 그 쪽지에는 '워티! 드디어 화요일, 내 생일이야. 오늘 저녁식사 후엔 네가 제일 좋아하는 노간주나무열매 차를 마시자. 내가 숲에서 구해 올게. 화요일에, 너랑 친구가 되고 싶은 조지가.'

너를 잡아먹겠다는 생각을 바꾼 건 너와 친구가 되고 싶었던 이유 때문이었나 봐.

내가 볼 땐 벌써 친구가 된 것 같았어. 내 예상이 맞았어. 탈출할 필요가 없었던 건데 참 운명이란!

아무튼 노간주나무 열매를 구하려다가 여우한테 잡혀 죽을 뻔한 조지와 넌 친구가 되었어.

아, 난 너의 이야기가 담긴 이 책을 제일 감명 깊게 읽은 것 같아.

그런데 툴리아 고모 집에 조지 등에 타고 갔잖아.

겁 안 났어?

나도 너랑 친구가 되려면 이 겁부터 좀 없애야 할 것 같아.

안녕! 다음에 고모 집에 갈 때 이야기도 들려줘.

잘 지내! 산본에서 성찬이가.

나의 생일

경남가야아라초등학교 3학년
황 지 언

"지언아! 생일 축하해. 내가 주는 선물이야!"

주희는 나에게 필통을 선물해주고 혜림이도 필통, 보민이는 지갑을 나에게 선물로 주었다. 민서도 같이 축하해 주었다.

"얘들아, 고마워. 피자와 케이크 많이 먹어."

"냠냠, 쩝쩝, 완전 맛있다."

우리는 피자와 케이크를 다 먹고 배가 너무 불렀다. 그래서 우리는 운동을 하러 걸어서 콩콩이장으로 갔다. 콩콩이장에서 신나는 잡기 놀이를 하였다.

"꺅!"

우리는 서로 잡힐까봐 조마조마하면서 여기저기 뛰어다녔다. 그러다가 시간이 다 되어서 30분을 더 놀기로 하여서 더 놀았다.

이제는 번데기 놀이를 하였다. 가위 바위 보를 하여 술래를 정하였는데 내가 술래가 되었다. 그래서 놀면서 내가 얼음을 먹고 뛰어 놀다가 혀를 깨물어서 피가 나서 얼음을 뱉었고 다시 들어가려는데 시간이 다 되어서 더 놀 수가 없었다. 그래서 우리 집으로 먼저 가는 사람이 1등인데 1등은 자기가 하고 싶은 놀이를 하기로 하였는데 나와 보민이가 1등이 되었다.

왜냐하면 보민이와 나는 5층인 우리 집에 많이 다녀서 쉬지 않고 올라갈 수 있기 때문이었다. 집에 와서 다시 가위 바위 보로 놀이를 정하기로 했다. 근데 보민이가 이겨서 보민이가 '무궁화꽃이 피었습니다'를 하자고 하여서 '무궁화꽃이 피었습니다'를 하기로 했다.

근데 마지막으로 남은 사람이 없고 전부다 술래한테 걸려서 우리는 기회를 한 번 더 주기로 하고 놀이를 계속 했다.

아주 재미있게 놀고 있는데 친구들이 돌아갈 시간이 된 것 같아 아빠께서 친구들 집으로 데려다 주신다고 해서 아빠 차에 모두 탔다.

그런데 민서는 집이 제일 가까웠는데도 우리랑 같이 차를 타고 하아파트에 혜림이를 내려주고 다시 대경에 주희를 내려주고 보민이를 내려주고 마지막으로 민서가 내렸다. 보민이랑은 더 놀고 싶었는데 마산을 가게 되어서 헤어졌다. 그래도 친구들이 나의 생일에 못 온 친구도 있지만 와 준 친구들에게 정말 고맙다.

나도 친구의 생일에 선물을 사서 친구의 생일을 진심으로 축하해 주어야겠다.

"친구들아, 사랑해!"

친 구

경남산청신천초등학교 5학년
이 다 은

어제 친구와 심하게 싸웠다. '뭐 그 친구는 오늘 되면 화 풀어졌겠지' 하고 학교에 갔는데 친구는 여전히 화가 나 있었다. 말을 시켜도 대답을 안 해주고 건들려 해도 "하지 마"라는 말만 되돌아올 뿐 등을 돌리고 아는 척도 해주지 않는다.

이 포기를 모르는 끈질기다고 소문난 나는 계속 말 시키고 옆구리 찔러보고 해도 느낌이 없는지 이제는 미동도 없다. 그래서 어제 내가 무엇을 잘못했는지 되돌아보았다.

어제 내가 그 친구의 말이 모두 짜증나서 말에 대답도 안 하고 좋은 건 언니, 동생만 주고 친구한테는 사주지 않는다. 그 친구는 거기에서 싸우는 것 같다. 지금 생각해보니 내가 '왜 그랬을까'라는 생각이 든다. 그런데 이런 나는 고집불통이라서 더 이상 봐주지 않는다. 일부러 나도 친구 때문에 화난 척을 한다. 자신한테도 말을 걸지 않고 옆구리를 찔러보지도 않으니깐 뜻밖의 표정을 짓는다.

그래서 이렇게 옥신각신하다가 결국 친구가 나에게 두 손 두 발을 들어버렸다.

오늘 아침에 학교에 들어가니 그 친구는 편지를 쓰고 있었다. 보나마나 '나한테 쓰는 거겠지'라고 생각하고 있는 찰나에 친구가 화장실로 와보라고 손짓을 한다. 말을 안 하고 편지를 보여준다.

편지를 열어보니 "미안해 다은아, 이젠 싸우지 말자. 사랑해 다은아 친하게 지내자"라는 말 뿐이다. 이렇게 편지를 적어봤자 또 싸울 거지만 오늘 편지는 완전 진심이었다. 그래서 나는 화를 풀고 "그래 우리 친하게 지내자"라고 말한 뒤 어깨동무하면서 교실로 들어갔다.

하지만 너무 말을 많이 하고 수업시간에 떠들어서 선생님께 혼나고 벌섰다. 하지만 우리는 짜증내지 않고 웃었다. 우리는 벌서는 상태로도 웃고 떠들자 선생님은 "허 참!"이라고 어이없는 표정으로 미소 지었다. 그래도 우리는 웃음이 끊이질 않았다. 같이 벌서서 그럴까 웃겨서 그럴까 생각해보면 헤어져도 헤어질 수 없는 사이인가 보다.

안개를 보면

전남문덕초등학교 5학년
이 유 진

우리 지역에 안개가 많이 끼는 이유는 물이 가깝기 때문이다. 주암호가 학교 앞을 지나 섬진강까지 길게 이어져 있기 때문이다.

오늘 아침에도 안개를 봤다. 요즘 안개를 많이 본다. 안개를 보게 되면 안개 때문에 아무 것도 잘 보이지가 않는다. 그렇지만 안개를 뚫고 지나가면 왠지 촉촉하고 내가 구름을 타는 것 같다.

안개 속 보이는 녹색의 녹차 밭은 구름 속의 초록색 무지개다리 같고, 안개 속 보이는 단풍나무는 주황색의 구름나무, 안개 속 보이는 주암호는 구름 속의 연못 같다. 녹차 밭, 단풍나무, 주암호 등 여러 가지를 보면 평소보다 더 아름다워 보이는 마치 한 폭 그림 같다.

안개를 보면 하얀 솜같이 보이거나 무대에 올라가면 앞에서 내뿜어지는 하얀 연기처럼 보인다.

옛날에 양과 타조들이 있는 어느 체험장에 가보았는데 그날 안개가 많이 끼어서 좀 짜증났지만 잘 보면 안개 속에 낀 양들이 정말 예뻐 보였다. 안개 속 양들의 모습은 하얀 솜뭉치 같았다.

그걸 보니 내 마음은 정말 평온해졌다. 안개가 내 마음을 평온하게 해주고 아름다운 그림들이 있는 미술관에 온 것 같은 느낌을 전해준다. 안개는 내 미술관이다. 안개를 보면 정말 따뜻해진다.

2014년 제31회 입상작품

- **아동시부 대상**

  목탁소리

  전남 화순도곡중앙초등학교 6학년 유솔비

- **아동시부 금상**

  부처님, 오시다

  경기 화성 반석초등학교 3학년 우종민

  가 끔

  경남 함안 아라초등학교 6학년 안다원

- **아동시부 은상**

  불국사

  경북 경산 동부초등학교 3학년 이정민

  효행

  경남 창원 양덕초등학교 4학년 김하늘

  효도

  제주 서귀포 수산초등학교 5학년 방연성

  나혼자

  경남 김해 삼성초등학교 5학년 박정준

- **아동시부 동상**

  방석 깔기

  경남 함안 아라초등학교 2학년 김주영

  생일파티

  경남 창원 양덕초등학교 3학년 최지민

  소낙비

  경남 진주 동진초등학교 3학년 이보은

  경험

  전남 화순 동면초등학교 5학년 한태은

  내 동생

  제주 서귀포 수산초등학교 5학년 장세연

  귀여운 동생

  제주 서귀포 수산초등학교 5학년 문서영

  내 동생

  경남 김해 삼성초등학교 5학년 김정연

  우 애

  경남 진주 동진초등학교 5학년 김세빈

- **줄글부 대상**

  소원

  경북 경산 동부초등학교 3학년 전예림

- **줄글부 금상**

  법륜 스님

  전남 화순도곡중앙초등학교 6학년 최준호

  법당에 앉아

  경기 수원 상촌초등학교 6학년 차혜선

- **줄글부 은상**

  부처님

  경북 경산 동부초등학교 3학년 장아영

  만연사 체험학습

  전남 화순 동면초등학교 3학년 오윤지

  스님과 함께 하는 유마사

  전남 화순도곡중앙초등학교 5학년 정문정

  운주사의 천불천탑

  전남 화순도곡중앙초등학교 6학년 최민성

- **줄글부 동상**

  숲 속에서 만난 친구

  경기 군포 당동초등학교 1학년 정주온

  절에 갔다 오니

  경북 경산 동부초등학교 3학년 정선하

  갓바위

  경북 경산 동부초등학교 3학년 정찬빈

  운주사

  전남 화순 동면초등학교 5학년 정도현

  절에는 왜 가는 것일까?

  경남 함안 가야초등학교 5학년 송영란

  엄마와 스님

  경기 용인 효자초등학교 5학년 송채원

  마음을 따뜻하게 해주는 절

  전남 화순 동면초등학교 6학년 임동은

  시간의 추억과 김포의 여래사

  전남 화순도곡중앙초등학교 6학년 김민제

아동시부 대상

목탁소리

전남화순도곡중앙초등학교 6학년
유 솔 비

고모 방에서 들려오는 소리
한자가 가득 적힌 불경 책들과
책상 위에 있는 염주

둥글둥글한 목탁에 막대기로
톡톡톡 박자를 맞추면서

토옹 통통통 또르르
밤이 새도록 낮은 목탁소리

나무가 편히 자도록
땅이 잘 자도록 조용한 소리로
목탁을 두드린다.

부처님, 오시다

경기화성반석초등학교 3학년
우 종 민

절에서 사 온 풍경을
엄마가 현관문에 달았다.

그랬더니
문을 열고 닫을 때마다

더불어 살아라.
당그랑— 당그랑—

나누며 살아라.
당그랑— 당그랑—

착하게 살아라.
당그랑— 당그랑—

부처님이 와 계신 것 같다.
우리집이 든든하다.

가 끔

경남함안아라초등학교 6학년
안 다 원

가끔은 내게 장난을
걸어도 돼

가끔은 내 옆에서
울어도 돼

가끔은 내 옆에서
화내도 돼

가끔은 내게 싸움을
걸어도 돼

우린 친구니까
우리에겐 우정이란
꽃이 있으니까.

아동시부 은상

불국사

경북경산동부초등학교 3학년
이 정 민

불국사, 불국사
가보니까 개 두 마리
가 있네.

한 마리는 물고,
한 마리는 안 물고,
너무 똑같아서 헛갈리네.

절로 들어가보니
촛불들이 많네.

그 안에는
하늘나라로 간
사람들 명함이 있네.

다리를 부들부들
떨면서 산을 올라갔네.

산으로 가서 절벽을 보니
높다 높아!

불국사, 불국사
다시 한 번 가보고 싶네!

효 행

경남창원양덕초등학교 4학년
김 하 늘

부모님 사랑해요
이 한 문장 효행이고
어깨다리 주무르는
것이라도 효행이다
효행은 부모님이 주신 기쁨
되돌려 드리는 것.

효 도

제주서귀포수산초등학교 5학년
방 연 성

부모님께 드릴 수 있는
진정한 효도는 뭘까?

건강하게 지낼까?
아님
부모님께 생활비를 드릴까?

고민된다.

내가 만약 진정한 효자라면
부모님이
좋은 일을 모두 한다.

내가 만약 불효자라면
안 좋은 일만
하겠지?

하지만
나는 진정한 효자가
될 수 있게
노력할 거다.

언제나 열심히….

나혼자

경남김해삼성초등학교 5학년
박 정 준

아무도 없는 집에 혼자서 들어온다
'띠리릭' 텔레비전 전원부터 켜놓고
언제나
그런 것처럼
나 혼자서 먹는 밥

다 늦은 저녁 시간 엄마가 들어오시면
"정준아, 밥 먹었니?" 날마다 똑같은 말
"차려서
다 먹었어요!"
같은 말만 되풀이

언제나 우리 집은 저 하늘 별들처럼
정답게 웃으면서 이야기꽃 피워볼까?
저만치
혼자 떠 있는
달은 내 맘 알거야.

아동시부 동상

방석 깔기

경남함안아라초등학교 2학년
김 주 영

엄마 손 잡고 절에 갔다.
부처님 앞에 두 손 모아 인사를 한다.

그 다음은 방석 깔기
그런데 방석이 하나 둘 없어진다.
사람들이 다 가져갔다.

그냥 절을 하다가
머리를 박았다.
"꽝"
그 순간 방석이
왜 필요한지 알았다.

생일파티

경남창원양덕초등학교 3학년
최 지 민

생일상 앞에 앉은
내 마음 두근두근

많은 선물 없지만
엄마 마음 선물 하나

엄마만 특별히 알아주신
내 마음의 선물들

엄마가 고생한 날
내가 왜 선물 받지?

엄마께 드리는
감사의 말 노란 편지

빨간 코 되어버리신
우리 엄마 최고야!

소낙비

경남진주동진초등학교 3학년
이 보 은

쏴 쏴!
쏴 쏴!
빗방울들이
막 떠든다.

선생님께서
안 계시니
막 떠든다.

그러는 사이에
소리 없이 다가오신 선생님

떠든 학생들에게
무섭게 혼내 주신다.

우르르 쾅!
우르르르 쾅 쾅!
빗방울들이 소리를 멈춘다.

경험

전남화순동면초등학교 5학년
한 태 은

처음으로 경주 가는 날
출발할 때부터 마음이 들떴다.

처음 보는 불국사
웅장한 건물과 불상들
이야기 들었던 대로 참 신기하다.

처음 보는 석굴암
커다란 불상 앞에 도착해서
소원을 빌었다.

처음 해본 경험들
절은 우리 마음을
깨끗하고 맑게 닦아주기 위해서
곳곳에 생겨난 것 같다.

그래서 절은
나를 들뜨게 하고
신기하게 하고
기도하게 만든다.

내 동생

제주서귀포수산초등학교 5학년
장 세 연

동생은 참 신기하다
어떤 땐 나와 티격태격 싸우지만
어떤 땐 언제 그랬냐는 듯이
친해지는 내 동생

그래도 부러운 마음이 있다.
가끔씩 마른 동생을 보며
'왜 나는 저렇지 않지?' 하고
달리기를 잘 하는 동생을 보며
'왜 나는 달리기를 못하지?' 라는
생각이 든다.

하지만 미우나 고우나
세상에서 하나 뿐인
내 동생.

귀여운 동생

제주서귀포수산초등학교 5학년
문 서 영

귀여운 우리 동생
유치원에서는 귀염둥이지만
집에 돌아오면 장난꾸러기가 되는
귀여운 남동생

귀여운 우리 동생
학교에서는 모범생이지만
집으로 돌아오면 수다쟁이가 되는
귀여운 여동생.

내 동생

경남김해삼성초등학교 5학년
김 정 연

우리 집 저녁시간
하하호호 웃음소리

달님도 부러워서
창 너머 힐끔힐끔

무엇이
그리 좋을까?
몰래 숨어 엿보네.

샛별도 반짝반짝
조명 불을 밝히고

달님은 창 너머에
은빛가루 뿌려주며

내 동생
첫 무대 공연
재롱잔치 열렸다.

우 애

경남진주동진초등학교 5학년
김 세 빈

친구의 우정은
사랑의 꽃입니다.

친구는 나에게
가족같은 존재입니다.

사랑의 꽃은 친구의
우정이 영원하면 시들지 않습니다.

친구는 나에게 영원한
사랑의 꽃입니다.

줄글부 대상

소 원

경북경산동부초등학교 3학년
전 예 림

아빠 엄마께서 나에게 말씀해 주신 것이 있다. 부처님께서 누워 계시는 곳에서 엄마, 아빠가 부처님 발을 만져서 내가 태어났다고 하셨다. 텔레비전에서도 부처님께서 누워계신 것을 보았다. 정말로 발을 만지면 아기를 낳을 수 있는지 궁금하다.

줄글부 금상

법륜 스님

전남화순도곡중앙초등학교 6학년
최 준 호

오늘은 우리 가족에게 특별한 날이다. 광주에 법륜스님께서 오시는 날이기 때문이다. 우리 엄마께서는 가게에서 법륜스님 강의 동영상을 자주 보시며 항상 법륜스님을 만나고 싶어 하셨다. 그런데 오늘 스님을 만나게 된 것이다.

"엄마, 7시 30분까지 전남대학교에 도착해야 해요."

"그래, 빨리 가자꾸나."

우리 가족은 가게 문을 잠그고 버스를 탔다. 전남대학교로 바로 가는 버스가 없어서 한 번 갈아타야 했다.

"어, 저기가 전남대학교다!"

전남대학교의 용봉관 안에 들어가자 큰 강당이 보였다. 오늘은 법륜스님과 오연호 기자가 통일에 대한 대담을 진행한다고 했다.

"법륜스님에 관한 소개 영상을 잘 보렴. 법륜스님께서 정토회를 만드시고 많은 사람들을 돕고 계신단다."

"와! 엄마께서 하시는 말씀을 들으니 법륜스님이 얼마나 대단한 분이신지 느껴져요."

법륜스님께서 들어오시자, 의자에 앉아 있던 사람들 모두가 박수를 했다. 법륜 스님에 이어 오연호 기자님이 들어오셨다.

오늘은 작년 봄에 법륜스님과 오연호 기자가 〈새로운 100년〉을 쓰고 다시 한 번 통일에 관한 대담을 하기 위해 모인 자리라고 했다. 나는 엄마께서 대담을 열심히 들으시는 동안 집에서 가져온 〈새로운 100년〉을 읽기로 했다.

〈새로운 100년〉은 통일에 관한 석 달 간의 대담을 책으로 쓴 것이었다. 법륜스님께서는,

"통일이 밥 먹여줍니까?"

라는 질문에, "예, 밥 먹여줍니다."

라고 말씀하셨다. 그만큼 통일이 쉬운 문제라는 거였다. 그러는 동안 2시간의 시간이 훌쩍 지나 어느덧 캄캄해졌다.

"엄마, 2시간이 정말 짧게 느껴졌어요."

"나도 그렇단다. 또 스님의 말씀을 들으니 정말 행복하단다. 너희들은 오늘 어땠니?"

"전 〈새로운 100년〉 책을 다 읽었는데, 통일에 대해 많은 정보를 얻었던 것 같아요."

"엄마, 배고파요. 우리 뭐 좀 먹으러 가요."

"호호호. 그래. 어서 가자꾸나."

우리들은 분식집에서 배를 채우고 집으로 돌아왔다. 법륜스님을 만나서 정말 좋은 날이었다. 법륜스님 사인회를 가지 않아서 약간 아쉬웠지만 법륜스님과 오연호 기자님의 대담을 보아서 좋았다. 통일에 대해 많은 것을 생각하게 하는 하루였다.

법당에 앉아

경기수원상촌초등학교 6학년
차 혜 선

머리가 왜 이렇게 보슬보슬 거리냐고요? 친구들이 막 만져서 부슬부슬하게 일어난 거냐고요? 하하! 부천님은 딱 아시네요.

부처님.

이제 보니까 제 입 꼬리가 조금 올라가서 웃고 있는 것처럼 보이죠? 자세히 보니까 그렇게 못생겨 보이지도 않죠? 그런데 왜 친구들은 만날 저보고 못생겼다고 할까요?

오늘 교과별 평가를 봤는데 잘 못 본 거 같아서 점수가 낮게 나올까 봐 불안해요. 머리카락 단발로 자르고선 많이 어색해서 부처님께 자주 안 왔는데, 오늘 이렇게 계속 보니까 전보다 더 나은 것 같죠? 오늘 제 이야기가 두서가 없죠? 죄송해요. 정말 요즘 정신이 없어요. 말하자면 저 오늘 달리기 1등 했어요. 6학년 전체 다 모여서 달리기 했는데 제가 제일 빨리 달려서 1등 했지요. 그런데 저도 제가 어떻게 1등 했는지 기억이 잘 안나요. 정말 정신없는 날만 이어져요.

제가 힘들어 보이죠? 멍하게 있는 시간이 점점 줄어들어요. 전에는 1시간 정도는 멍 하게 있기도 했는데 지금은 하루에 10분도 어려워요. 바빠진다는 게 좋은 건 아닌가 봐요. 생각할 시간이 없어져요. 그러면서도 생각 키우기를 해야 한다나요?

주변에서는 좋은 고등학교 가서 서울 안에 있는 대학 가야 성공한다고 하는데 그게 정말 성공하는 길인지 궁금해지기도 해요. 아빠는 대학을 못 가면 고생하고 성공도 못한다고 그러는데 꼭 대학을 가지 않아도 성공할 방법은 많지 않나요? 아빠가 저를 위해서 해주는 말이란 건 알고 있는데 제가 원하는 게 아니라 그다지 치열하게 하고 싶은 마음이 없어요.

그러면 제가 원하고, 잘 하는 게 뭘까요? 생각해 보면 하나도 없는 것 같이 느껴져요. 취미라 할 것들은 많지만 특기라고 할 건 아무리 생각해봐도 없거든요. 근데 제가 꼭 잘하는 일을 해야 할까요? 못하더라도 제가 좋아하는 일을 하면 실력이 쌓일까요? 그런데 제가 좋아하는 일을 하면서 실력이 는다면 그 뒤에 제가 성공한다는 보장이 있을까요? 이런 생각까지 하면 정말 제가 하고 싶은 게 뭔지 알 수가 없어져 버려요.

제가 좋아하는 일을 하고 싶지만 여러 가지에 막혀 버리고 주변 사람들의 말을 따르자니 이게 맞는지 저게 맞는지 따져 봐도 이리저리 막혀 버려서 답답해지기만 해요. 그냥 편하게 되는대로 학교 가고 되는대로 회사 가 버릴까요? 그렇게 한다면 어느 순간 후회해 버릴 것 같기도 해요. 전 어떡하면 좋을까요? 제 머리에서 김나는 것 같죠. 인생 한 번 사는데 후회는 없이 살아보고 싶어요. 후회 없이 살려면 제가 하고 싶은 것 해보는 것이라고 생각하거든요? 차라리 딱 결심하고 제가 가장 좋아하는 일을 하고 싶어요. 그래서 어떤 땐 조금 후회가 몰려 들 때도 있겠지만 그래도 마지막엔 '역시 내가 하고 싶은 일을 하는 게 가장 나았어.' 뿌듯할 수 있게 말이에요.

부처님.

이렇게 부처님께 다 말씀드리니까 후련해져요. 앞으로도 고민되는 일이 있으면 슬그머니 와서 말씀드려도 되죠? 정말 언제라도, 말하자면 아주 힘들거나 서러울 때도 말이에요.

야단치지 않고 제 말을 가장 잘 들어주는 분은 부처님 밖에 없으니까요. 오늘은 이만 갈게요. 내일 또 올지는 모르겠지만 제가 하루 종일 안 보이더라도 섭섭해 하지는 말아주세요. 너무나 행복한 일이 많아서 부처님을 잠시 잊었을 수도 있으니까요. 이해해주실 거죠? 헤헤. 고마우신 부처님. 합장.

부처님

경북경산동부초등학교 3학년
장 아 영

하늘 맑고 쨍쨍한 날 엄마와 오빠와 나랑 절 간 날, 열심히 절하고 소원도 빈다.

'제발 저희 가족 건강하게 해주세요.'

그것만 빌고 모두 절을 수천 번이나 한다.

절 50번, 난 고작 20번. 아직도 남았나?

난 지루해서 몸이 근질근질 발은 꿈틀꿈틀 또 머리는 멍-하네.

이제 한 번 남았네. '털썩' 무언가가 떨어지더니 '쿵쿠루루쿠쿠' 천둥번개 치는 날, 차라리 '비오지 말라고 할 걸……'

근데 더 심해진다. 팡팡 옥수수 튀기는 것처럼 쾅 팡팡 너무 무섭다.

'부처님, 부처님, 비 좀 그만 내리게 해 주세요' 하고 얼른 내려왔는데 비옷도 사고 따끈따끈한 어묵도 먹고 나오니까 비는 계속 내리지만 조금은 괜찮아졌다.

만연사 체험학습

전남화순동면초등학교 3학년
오 윤 지

"오늘은 만연사에 가 볼 거예요."

선생님이 우리를 밖으로 모이라 하셨다. 나는 만연사가 어떤 곳인지 궁금했다.

"선생님 만연사는 어떤 곳이에요?"

내가 여쭈어보자 선생님께서는 웃으면서 말씀하셨다.

"만연사는 스님이 계시는 곳이에요."

"진짜요? 선생님 빨리 가요."

파란 가을하늘 아래 예쁘게 옷을 갈아입은 단풍을 보며 걷는 기분은 최고이다.

"어! 안녕하세요, 스님!"

스님께서도 우리를 반갑게 맞아주셨다. 선생님께서 나에게 우물가에 있는 물을 마셔보라고 하셨다. 생각보다 시원하고 깔끔한 맛이다.

"우와 선생님, 저 나무 정말 커요!"

"이 나무는 800년 된 할아버지 나무예요."

"선생님 저 할아버지 나무한테 소원 빌래요."

'우리 엄마 아빠랑 천년만년 살게 해 주세요.'

"할아버지 나무님! 내 소원 꼭 들어 주세요."

“선생님! 저 스님은 뭐하시는 거예요?”

“저건 108배를 드리는 거야.”

스님이 108배를 드리는 모습을 보고 만연사를 산책하다가 뒤를 돌아보니 아름다운 풍경이 펼쳐져 있었다.

“선생님 너무 멋있어요.”

해와 산, 모든 집들까지 너무 멋있어 보였다.

선생님과 학교로 돌아오는 길에는 모두들 신기하고 멋있었다고 이야기 하며 내려왔다. 다리가 많이 아프지만 다시 올라간다면 열 번도 넘게 올라갈 수 있을 것 같다.

스님과 함께 하는 유마사

전남화순도곡중앙초등학교 5학년
정 문 정

지난 여름에 드림센터에서 나는 유마사를 가게 되었다. 버스를 타고 유마사에 들어갔는데 그곳에는 스님이 계셨다.

"와! 스님이시다."

처음으로 스님을 만나서 신기하였다.

조를 짜고 스님과 대화도 하고 스님과 함께 밥을 먹었다. 나는 6조였는데 스님은 6조가 가장 말 잘 듣는다고 칭찬을 하셨다.

밤이 되어서 잘 때는 들어가면 안 되는 스님 공부방인데 방이 없어서 그곳으로 갔다. 그래서 친구들이랑 그 방에서 잤다.

"내가 절에서 자다니 신기해."

실감이 안 나서 잠이 별로 안 왔다.

우리는 일찍 일어나 법당으로 갔다. 여럿이 모여서 명상을 했다. 부처님께서 앞에 계셨다. 명상하다가 나는 깜빡 잠이 들었다.

"깜빡 잠이 들었네."

"나도 잠 자 버렸어."

친구가 말을 했다. 나는 두리번거렸는데 다른 사람들도 다 자고 있었다. 명상시간에 자는 사람들이 없고 몇 명뿐이라면 꾸중을 들었을 것 같다.

"자! 밥 먹으러 가자."

스님께서 말씀하시자 나는 벌떡 일어나 밥 먹으러 갔다.

"내가 유마사 가서 잔 것도, 스님과 함께 밥 먹는 것도, 절에 온 것도 다 추억이 되겠다."

"원래 일정은 물놀이 시간인데 비가 와서 안에서 놀기로 했어요."

물놀이가 아니어도 나는 괜찮다. 절에는 놀러온 게 아니기 때문이다.

그림도 색칠해서 액자에 넣었다. 유마사 절에서 이런 체험을 할 수 있어서 기분이 좋다.

"절에서 이런 체험을 할 수 있다는 게 신기하지 않아?"

"맞아, 신기해 절에는 명상만 하는 곳인 줄 알았어."

절에 2박 3일이나 있었으니까 집에 있는 가족도 보고 싶고 다른 친구들도 보고 싶었다. 그래도 스님께서 함께 해주셔서 감사했다. 절에는 스님이 가족 같고 친구들과 가족 같았다.

이제 곧 유마사를 떠나게 되는데 집에 가게 되면 아쉽고 유마사에 계속 있으면 가족이 보고 싶다.

"스님과 함께 한 추억 계속 간직하자."

"그래! 스님과 즐거웠던 하루하루를 기억하자."

스님께서 우리에게 화를 내실 때도 있으셨지만 스님과 함께 했던 시간들이 즐거웠고 행복하였다.

"나중에 커서 다시 유마사에 올 거야."

나는 유마사를 떠나 센터에 도착했다. 거기에는 엄마와 언니가 있었다. 정말 오랜만에 보니까 반가웠다.

운주사의 천불천탑

전남화순도곡중앙초등학교 6학년
최 민 성

"오늘도 만나면 좋겠다!"

나는 매년 석가탄신일에 운주사에 간다. 운주사에 가는 가장 큰 이유는 천태초등학교에 다니는 친구를 만나는 것이다.

나는 3학년 때 전학을 와서 친구들과 만날 기회가 거의 없었다. 그나마 만나는 날은 생일날인 5월 11일과 10월 15일, 그리고 석가탄신일이다. 5월 11일은 내 생일, 10월 15일은 은재의 생일이다.

"어? 저기 있다!"

나는 기분이 좋아서 소리쳤다. 공연장에서 은재를 만났다. 그 옆에는 정우도 있었다.

"오랜만이다. 정우도 진짜 많이 변했네."

나는 친구들의 변한 모습에 깜짝 놀랐다.

"오늘은 어디에 갈까?"

"절에 가서 약수 마시자."

우리 세 명은 약수를 마시러 절에 갔다. 마침 스님들이 목탁을 치고 불경을 외우고 계셨다. 맑은 목탁소리는 내 마음까지 맑게 만들어 주었다.

"캬~ 물맛 좋다!"

정우가 한 마디 했다.

"시원하다."

나도 말했다.

"야, 물 받았어?"

은재가 물었다. 그러고 보니 친구를 찾느라 안 받았다.

"난 받아가지고 왔는데."

역시 준비성 철저한 정우는 물을 받아왔다.

"나 물 좀 받아올게."

나는 물을 받으러 갔다. 어느새 은재도 따라오고 있었다. 나는 물을 받고 다시 돌아왔다.

"왜 이렇게 늦었어?"

정우가 물었다.

"으응, 사람들이 그새 많이 왔더라고. 그래서 빨리 못 뛰었어."

"와불 보러 가자!"

은재가 와서 말했다.

"그래, 가자."

"늦게 간 사람 물 마시기다!"

이 말의 뜻은 지금 남은 물을 마셔서 먼저 화장실에 간 사람이 지는 것이다. 화장실에 간 사이에 나머지 사람들이 숨는 것이다. 늦은 사람은 정우였다. 달리기 실력이 거의 비슷하고 아무나 시작이라고 말하면 출발이다.

"아, 마셔야겠네."

정우가 아깝다는 듯이 말했다.

"마셔라! 마셔라! 마셔라!"

나와 은재가 말했다.

"아, 드디어 다 마셨다. 나 약수터에서 물 좀 채워올게."

정우가 간 사이 우리는 이야기를 했다.

"야, 오랜만에 만나니까 진짜 반갑지."

은재가 말했다.

"응, 그런데 박정우 진짜 키 컸다. 물론 아직 나보다 작지만."

"이은재! 최민성!"

정우가 뛰어오며 우리를 불렀다.

"어, 빨리 와!"

은재가 말했다.

"오늘 언제까지 놀 거야?"

내가 물었다.

"오늘 밤까지."

은재가 대답했다.

"미투(Me Too)!"

정우가 웬일로 영어를 썼다.

"오, 영어 잘하는데?"

"이제 출발하자!"

주머니에는 손전등을 넣어놓았고 세 명이니까 전혀 무섭지도 않고 오히려 힘도 들지 않는 것 같았다.

"와, 벌써 칠성바위까지 왔네."

칠성바위는 북두칠성 모양으로 돌로 조각을 해놓았다. 위에 올라갈 수는 있지만 칠성바위가 절벽에 있기 때문에 겁이 많은 나는 끝까지 가지 않는다. 은재는 끝까지 간다.

"와, 경치 좋다."

"그러게."

옆에 있던 정우가 맞장구를 쳤다.

"나도 갈게."

내가 용기를 내어 말했다. 바위 끝에 서니 시원한 바람이 불어서 기분 좋았다.

"이제 다시 출발하자."

우리 세 명은 다시 정상을 향했다. 몇 분 뒤 드디어 와불 앞에 왔다. 옆에는 아이스크림 아저씨도 계신다.

"아저씨, 오늘도 오셨네요."

우리는 정상에 오면 항상 아저씨의 아이스크림을 사먹는다.

"아이스크림 주세요. 초콜릿 맛 많이 주세요."

나는 항상 이렇게 말한다.

"허허, 알았다."

아저씨는 항상 웃으며 대답하신다.

"와, 여기 오니까 2학년 때 와불 위에 올라간 것 생각난다."

"그러게."

우리는 내려와서 장터에 갔다.

"문어빵 사먹자."

나는 장터에서 항상 문어빵을 사먹는다.

"맛있다."

그새 저녁이 되어갔다. 운주사는 절이지만 우리에게는 놀이터나 다름없다. 노을에 비친 절은 어느 때보다 아름다웠다.

줄글부 동상

숲 속에서 만난 친구

경기군포당동초등학교 1학년
정　　주　　온

정자 밑에 신발 벗어 놓은 곳에 지렁이가 있었다. 흙도 아닌데 왜 시멘트 위에 올라왔니? 징그러웠지만 그래도 꿈틀꿈틀 기어가는 모습이 조금은 귀여웠다.

그리고 난 운동기구 있는 곳으로 갔다. 처음에는 의자에 앉았다가 다리를 흔드는 운동기구를 탔다. 그래서 그 운동기구를 조금 타다가 다시 정자로 왔다. 아까 봤던 지렁이는 땅을 찾아서 들어가고 있었다.

나는 다시 글을 쓰고 있는데 선생님이 씀바귀라는 꽃을 따 오셨다. 나 하나, 정우 형 하나를 주셨다. 향기를 맡다가 나는 또 글을 쓰기 시작했다. 그런데 정우 형이 거미를 발견했다. 정우 형이 거미를 입김으로 후후 불기 시작했다. 그때 선생님이 와서 불지 말라고 했다. 그래서 정우 형은 부는 것을 멈췄다.

나는 다시 글을 쓰고 있는데 갑자기 호박벌이 왔다. 애애애앵. 나한테 왔지만 가만히 있으니 물지는 않았다. 마치 우리하고 친구하자며 오는 것 같았다. 지렁이도 호박벌도 거미도 해치지 않고 함께 놀았더니 기분이 좋았다. 선생님도 우리는 다 똑같은 생명이라고 했다. 지렁이보다 더 사람이 훌륭한 생명이고, 거미보다 더 중요한 생명이 아니라고 했다. 멀리 숲속 절에서 목탁소리가 들려왔다. 친한 친구를 만난 것 같이 마음이 평화로웠다.

절에 갔다 오니

경북경산동부초등학교 3학년
정 선 하

난 할머니, 엄마, 아빠, 형 이렇게 할머니께서 다니시는 절에 갔다. 그 절에서 스님이 "나무아미타불 관세음보살" 이라고 했다. 스님이 차례차례 집, 동을 부르다가 우리 이름을 불러 신기하였다.

세 명의 부처님 동상을 보니 중간 부처님이 제일 컸다. 난 중간 부처님을 보며 소원을 빌고 작은 부처님을 씻기면서 1,000원을 넣고 소원을 빌었다. 그때는 소원이 이루어지면 좋겠다고 했다.

그 다음 아래로 가 산채비빔밥을 먹는데 형은 우걱우걱 잘 먹는다. 할머니께서 불교신자이시다보니 나도 불교신자이다.

난 절을 할 때도 가만히 못 있어 꿈틀거리거나 밖에 나간다. 앞으로는 절할 때도 그렇고 들을 때도 조용히 가만히 있어야겠다. 부처님께서 제발 내 소원을 들어주시면 좋겠다.

갓바위

경북경산동부초등학교 3학년
정 찬 빈

갓바위는 경산의 유적지다.

갓바위의 정상은 가을이 되면 정말 멋진 풍경을 볼 수 있다.

정상까지 가면 초에 불을 붙여서 안에다 두고 뒤에서 절을 하면 소원이 이루어진다고 스님께서 말씀해 주셨다.

갓바위에 올라가면 1시간 정도 걸린다. 위에서 절을 하고 나서 밥을 주셨다. 밥은 몇 계단 내려가야 한다.

이제 집으로 가려고 내려가는데 스님께서 저에게 팔찌를 주시고 절을 하는 예절을 가르쳐 주셨다.

오늘 하루가 정말 재미있었다.

다음에도 또 가야지.

운주사

전남화순동면초등학교 5학년
정 도 현

소풍 가는 날 아침이 되었다. 나는 들뜬 마음으로 학교버스를 탔다. 잠시 후에 버스가 멈춘 곳은 어느 절이었다.

"여기가 어디지? 선생님, 여기가 어디에요?"

나는 갑자기 큰소리로 선생님께 여쭤보았다. 선생님은 웃으시면서 대답해 주셨다.

"여기는 세계에서도 유명한 운주사야. 한 번도 안 와 봤어?"

나는 부끄러운 생각이 들었지만 또 여쭤보았다.

"운주사요? 우리 화순에 이런 절도 있었어요? 신기하네요."

선생님은 고개를 끄덕거리셨다.

차에서 내린 나는 사방을 두리번 두리번거렸다. 위쪽에 일주문이 보였다.

"자, 질서 지키면서 갑시다."

선생님이 우리를 데리고 운주사 안으로 갔다. 나는 친구들과 이야기를 하면서 재미있게 걸어갔다.

"여기가 대웅전이다. 지금부터는 자세히 살펴보면서 운주사를 구경해 보세요."

운주사는 탑이 아주 많았다. 돌탑들이 줄을 서 있었다. 산 속에도 있었다. 그리고 돌부처가 참 많았다.

"돌탑이랑 돌부처가 많은 것은 소원을 비는 사람들이 많아서예요."

스님이 친절하게 가르쳐 주었다. 옛날 사람들은 부처님을 믿고 따랐다고 한다. 우리 할머니도 절에 많이 가신다. 형이 시험 볼 때도 가고 아빠 사업이 잘 되라고 빌러 가신다고 한다.

산 위로 올라가니 와불이 있었다.

"부처님이 왜 누워 있어요?"

내가 또 선생님께 여쭈었다.

"정확하게는 알 수 없지만 세계에서도 드문 와불이에요. 많은 사람들이 와불을 만지고 주변을 빙빙 돌면서 소원을 빈대요."

운주사에서 가장 신기한 것이 와불인 것 같다.

"자, 점심은 절에서 먹어요. 감사한 마음으로 맛있게 먹으세요."

선생님 말씀을 듣고 절 안으로 들어갔다. 식당에 밥과 반찬이 있었다.

"와, 정말 맛있다."

절에서 먹는 밥은 감동적이었다. 나물이랑, 국, 밥이 참 맛있었다.

"이제 뒤쪽을 구경하고 내려갑시다."

선생님 말씀대로 운주사 여기저기를 구경하고 살펴보았다. 신기한 나무도 많았다.

"와, 상쾌하다!"

나는 맑은 공기가 좋아서 흠뻑 들이마셨다.

구경을 마치고 돌아올 때 아쉬웠다. 다음에는 부모님과 같이 와서 스님이 하시는 예불도 봐야겠다고 마음먹었다. 왜 할머니가 절에 가서 소원을 비는지 알 것 같았다. 마음이 차분하고 좋아지는 곳이 절이기 때문이다.

절에는 왜 가는 것일까?

경남함안가야초등학교 5학년
송 영 란

단양에 있는 외갓집에 가서 가 볼만한 곳이라는 '구인사' 에 갔다 왔다. 약 800m를 가야지만 멋진 경치를 볼 수 있다. 아직까진 어린 나에겐 절에는 왜 가는지, 이렇게 힘든 걸 버티면서 보러 가는지 이해를 못했다.

어떤 건물에는 승강기까지 있었다. 구인사는 넓고도 넓었다. 길을 잃어버릴 정도로, 그렇게 큰 평지가 있을 줄 모를 정도로 말이다.

구인사의 입구 중간까지 오면 체력의 한계가 온다. 밥을 주는 식당도 있었고, 약수터도 있어서 더더욱 좋았다. 약수터 물을 한 모금 마시니깐 정말 상쾌하였다.

솔직히 내 눈에는 그렇게 많은 것이 들어오지 않았다. 그저 나에게 구경한 것 중 들어온 것이 아름다운 단청뿐이 없었다. 그리곤 사람들의 끝없는 노력이 들어간 듯한 돌탑, 돌 벽이 있었다.

단청은 손수 그렸다는 것이 믿기지 않고 현재 기계를 사용해도 나올 수 없는 단청 같았다. 진한 원색으로 되어 있는 뚜렷한 단청을 보니 정신이 맑아지고 그 순간 걱정이 없어지는 기분이 들었다. 돌 벽은 동일한 방향으로 지그재그로 된 모습이었다. 얼마나 힘이 들었는지 그 마음이 한 번에 느껴졌다.

구인사에 있던 모든 것들은 왜 절에 오는지를 조금은 배워간 것 같아서 정말 유익한 시간이었다.

여태까지 절에 간 적이 몇 번도 안 되지만 갈 때마다 좋은 것을 느꼈고, 기독교인 나에게 새로운 불교를 접할 수 있는 그런 참 중요한 시간이기도 하였다.

때론 절에 가서 많은 것을 배우고 오는 것도 참 좋을 것 같고, 이번 계기로 인해 절 불교에 대하여 조금 더 알고 싶은 마음이 든다.

엄마와 스님

경기용인효자초등학교 5학년
송 채 원

마트에 엄마와 갔다. 그런데 1층에 보니 절에서 가지고 나온 음식들을 비구스님이 팔고 있었다. 갖가지 약초 음식인데 손님이 붐볐다. 엄마도 걸음을 멈췄다. 내가 가자고 팔을 잡아끌어도 가질 않더니 갑자기 외쳤다.

"산초다!"

경상도 사람들이라면 다 아는 맛이라고 엄마가 산다고 했다. 그런데 가격이 비싼 것 같았다. 100g에 9,000원이라고 적혀 있었다. 다른 장아찌도 비싼 것 같았지만 엄마가 말한 산초장아찌가 제일 비싸면서 제일 팔리지 않는 반찬 같았다.

"가자, 엄마!"

내가 자꾸 팔을 잡아끌어도 엄마는 안 움직였다. 그 앞을 몇 번이고 왔다 갔다 하며 마음을 다잡은 것 같았다. 대체 100g에 9,000원이면 얼마치를 사야 하나, 먹고 싶어서 침이 꼴깍 넘어가는 엄마의 모습이었다.

결국 엄마는 스님께 합장을 하고 조금만 달라고 했다. 스님이 이 음식은 손도 많이 가고, 비싼 음식이라고 했다. 엄마는 자그마치 십만 원어치를 샀다. 맛보기 힘든 음식이니 할아버지, 할머니께 가져다 드릴

거라고 했다. 그때서야 엄마가 왜 샀는지 알게 되었다. 우리 할아버지, 할머니는 경상도 분들인데 두 분 다 아파서 입맛이 없다고 했던 게 기억이 났다.

그런데 스님께서도 이렇게 음식을 팔아서 번 돈을 양로원과 보육원에 보낸다고 했다.

나는 순간 부처님의 말씀을 실천하는 스님이 위대해 보였다. 나 같으면 이렇게 힘들게 돈을 벌면 쓰기 아까울 것 같았기 때문이다. 그런데 더 놀란 것은 엄마의 태도였다. 엄마가 지갑에서 돈을 꺼내더니 스님께 합장을 하고 시주를 하였다.

"이 돈도 보태주세요."

순간 짠순이 엄마가 저런 모습을 보이다니 놀라서 어안이 벙벙했다. 내가 클레이 만들기 하나 사달라고 해도 끝끝내 안 사준 엄만데 힘들게 외롭게 사는 분들에게 써달라며 스님께 시주하는 엄마의 모습이라니.

집에 돌아오는 길에 나는 엄마 옆모습을 슬쩍 봤다. 엄마가 참 근사해보였다. 불쌍한 사람을 돕는 엄마가 부처님말씀을 실천하며 사는 엄마가 자랑스러워 자꾸 미소가 지어졌다.

마음을 따뜻하게 해주는 절

전남화순동면초등학교 6학년
임 동 은

하늘은 높아지고 날은 추워지며 잎사귀에 알록달록 단풍이 들 즈음에 우선이라는 친구와 나는 화순교육지원청에서 주최한 진로캠프의 마지막 날에 해남 대흥사에 갔었다. 절 가는 길에 나는 생각하였다.

'절이라는 곳을 믿어도 될까?'

'가서 안 좋은 것만 배워 오지는 않을까?'

한참동안 생각했다. 그러는 사이 시간은 지나가 대흥사에 도착하여 버스에서 내렸다. 나는 그냥 시무룩해서 걸어가다 문득 고개를 위로 쳐들다 깜짝 놀랐다. 왜냐하면 사천왕들이 문을 지키고 있었던 것이다.

용의 몸을 움켜잡고 있는 사천왕은 특별히 눈에 띄었다. 웅장한 모습의 사천왕에 무슨 뜻이 있는 게 분명했다.

또 나는 스님이 목탁을 두드리고 나무아미타불~이라고 하는 것도 전부 다 궁금하였다.

기왓장도 만들어 본 나는 뭐 하러 화려하게 만들었는지 그것도 궁금하였다.

그때까지 나는 불교를 좋지 않게 생각하였다. 그러던 중 멋지라고 그려둔 용이 눈에 띄었다.

'용은 옛날부터 전설로 내려오고 힘이 센 존재가 아닌가? 그렇다는 뜻은 다시 말해 사천왕이 용을 움켜잡고 있다는 뜻은 사천왕이 용을 넘어서고 대단한 존재라는 뜻이다. 그래서 그런 사천왕이 절을 지켜주겠다는 뜻이겠지.'

이런 생각을 한 동시에 선생님께서

"얘들아, 너희도 스님처럼 해 봐. 그러면 소원이 이루어질지도 모른데."

나는 깨달았다. 또 기왓장을 화려하게 하는 이유도 바로 오방색으로 마음을 밝게 해주기 위해서이다. 그러면 소원도 잘 이루어질지도 모르니까.

모든 궁금증을 풀은 나는 높디높은 하늘을 쳐다보았다. 구름이 마치 점잖은 부처님처럼 보이는 건 기분 탓이었을까?

모든 활동이 끝나고 버스 타러 가는 길 처음에 보지 못하였던 연못이 보였고 스님이 연못에 빵가루를 던져주고 붕어, 잉어들이 그것을 받아먹는 게 얼마나 따뜻한 모습이었는지 난 알 수 있었다. 절의 따뜻함을 알고 있었기에 내 마음도 따뜻해졌다.

시간의 추억과 김포의 여래사

전남화순도곡중앙초등학교 6학년
김 민 제

오래 전부터 다녔던 여래사가 떠오른다. 김포에 있는 여래사를 떠올리니 다시 가고 싶다.

아빠께서는 나를 위해 마땅한 절을 찾아다니셨다.

좋은 절을 찾기 위해 고생하시고 엄마께서는 절에 드는 비용 때문에 돈을 버느라 고생하셨다. 지금 생각하면 지난 시간의 추억이 된 김포의 여래사이다.

여래사에는 여법사님이 계셨다. 여법사님께서는 특별한 기술로 나를 불교의 세상에 빠져들게 하셨다. 그리고 나에게 큰절과 작은절을 구분하는 방법을 가르쳐 주시고 법경을 가르쳐 주셨다. 그런데 지금은 만나고 싶어도 만날 시간이 적어서 아쉽다.

여법사님은 최선을 다해서 나에게 잘 가르쳐 주셨다. 그래서 참 고마우신 분이다.

그때 내가 다니던 여래사엔 내가 여러 번 가 본 다른 절의 냄새와는 전혀 달랐다. 특별하거나 이상하지 않고 톡 쏘면서 끌려오게 만드는 냄새가 있었다. 그리고 염주는 매우 특별했다. 문양이 아주 많아서 좋았다.

그러나 지금은 가고 싶어도 갈 수 없기 때문에 매우 아쉽다.

우리 가족이 김포에서 이사를 왔기 때문에 가더라도 너무 멀고, 집이 없어서 갈 도리가 없다.

그래도 지금 생각해보면 나에게 불교에 대해 많은 것을 알려주셨던 여법사님이 생각난다. 그래서 다시 만나고 싶다.

2015년
제32회 입상작품

• **아동시부 대상**
부처님오신날이면
서울 치현초등학교 6학년 문의진

• **아동시부 금상**
일주문
전남 화순도곡중앙초등학교 6학년 윤정아
은하사 오르는 길
경남 김해 삼성초등학교 6학년 정수경

• **아동시부 은상**
내 귀
경북 봉화 명호초등학교 3학년 강종구
절에 가면
제주 해안초등학교 3학년 김정은
경주 불국사에서
서울 치현초등학교 6학년 서가은
팔만대장경
경남 김해 삼성초등학교 6학년 김정연
석가탑과 기원
전남 화순도곡중앙초등학교 6학년 이윤수

• **아동시부 동상**
부처님 이사하세요
경북 경주초등학교 1학년 오수형
청량사
경북 봉화 명호초등학교 3학년 최유림
절
강릉 송양초등학교 3학년 노하은
알밤 줍기
강릉 교동초등학교 3학년 전승혁
부처님 얼굴
서울 인수초등학교 4학년 이효상
소원
제주 해안초등학교 4학년 조준휘
기도하며 깨달았어요
경북 안동 강남초등학교 4학년 김주한
부처님의 자비
전남 완도 중앙초등학교 5학년 임나린
서운암 금낭화
경남 김해 삼성초등학교 6학년 이가인
경주 불국사
서울 치현초등학교 6학년 최유나
탑돌이
경남 김해 삼성초등학교 6학년 김정연

• **줄글부 대상**
감은사지
전남 송광초등학교 5학년 이준형

• **줄글부 금상**
충효사 부처님
전남 화순 동면초등학교 3학년 박하은
석 탑
전남 화순도곡중앙초등학교 4학년 이수로

• **줄글부 은상**
부처님과 소원등
광주 불로초등학교 1학년 김서윤
절에서 본 비둘기
전남 송광초등학교 2학년 황유림
내 마음 속의 부처님
전남 송광초등학교 4학년 김경원
천불 천탑
전남 화순도곡중앙초등학교 4학년 홍승현
월정사 템플스테이
강릉 율곡초등학교 4학년 정예인

• **줄글부 동상**
극락세계가 있대요
전남 화순 동면초등학교 3학년 김보름
운주사 돌부처
전남 화순도곡중앙초등학교 4학년 박경만
송광사 절
전남 송광초등학교 4학년 박세진
일본에서의 특별한 경험
강릉 율곡초등학교 4학년 권내림
할아버지 추도식
전남 화순도곡중앙초등학교 5학년 황지원
해인사
전남 송광초등학교 5학년 김영규
송광사
전남 송광초등학교 5학년 조연지
자랑스러운 송광사
전남 송광초등학교 5학년 서정민
천자암
전남 송광초등학교 5학년 이시형

아동시부 대상

부처님오신날이면

서울치현초등학교 6학년
문 의 진

부처님오신날이면 밥 먹으러 절에 가요.
사람들 꽁지에 서서 밥을 기다려요.

비빔밥을 먹으면 맛이 있어요.
밥 다 먹으면 떡도 줘요.
절 밥은 맛있어요.
부처님이 주신 밥이에요.

하늘에는 등도 달려있어요.
바람이 불면 멋지게 흔들려요.
내 머리카락도 흔들려요.

—석가모니불!
—석가모니불!

부처님 찾는 소리가
하늘로 울려 퍼져요.

아동시부 금상

일주문

전남화순도곡중앙초등학교 6학년
윤 정 아

사찰에 들어서는 여러 문 중에
첫 번째 문이라는 일주문.

일주문에 들어서면
부처님이 환영해 주신다.

기둥이 나란히 일자로 놓여져 있어
'일주문' 이라고 한다.

기둥이 나란히 놓여진 것을 보면
형제끼리 든든하게
절을 지키고 있는 것 같다.

일주문은
사람들을 편안한 세상으로 안내하는
첫 번째 문이다.

은하사 오르는 길

경남김해삼성초등학교 6학년
정 수 경

엄마의 손을 잡고
은하사 오르는 길.

앞서거니 뒤서거니
청설모 따라오고

개망초
하얀 눈웃음
내 마음을 유혹해.

절 마당 배롱나무
어여쁜 진분홍 꽃.

어서 오라 손짓하며
꽃향기로 반기네.

부처님
밝은 미소가
온 뜰 안에 번진다.

아동시부 은상

내 귀

경북봉화명호초등학교 3학년
강 종 구

내 귀를 보고
친구들이 놀린다
부처님 귀라고

그래도
난 좋다
부처님을 닮았다 하니까

친구들의 놀림도
어른들의 말씀도
부처님처럼

듣고
또 듣고
빙그레 웃어주면 되니까.

절에 가면

제주해안초등학교 3학년
김 정 은

절에 가면
강아지들이 왈왈왈
나를 반기고

스님들은
목탁소리 딱따따따…
두 손 모아 고개 숙여 인사한다.

처음에는 투덜거리며
절을 하고 초를 켜는 나

엄마는 우리 가족들의 건강을 빌고
할머니는 아들, 손자, 딸, 며느리 건강 빌고
나는 나의 건강을 비네.

절에 가면
부처님도 스님들도
우리를 위해주는 모습
투덜대던 내 마음이 환한 꽃 같네.

경주 불국사에서

서울치현초등학교 6학년
서 가 은

불국사에 가면
10원짜리 동전에 나온
다보탑을 만나요
그 옆에 듬직한
석가탑도 있어요.

두 손 모우고 바라보면
역사가 손끝에 느껴져서
가슴이 뛰어요.
옛 신라의 숨결이,
옛 신라 스님의 정신이
불국사 스님에게 전해졌나 봐요.
두 탑이 웃어요.

팔만대장경

경남김해삼성초등학교 6학년
김 정 연

온 백성 하나 되어
목판에 한 자 한 자

팔만여 대장경판
불심을 새겼으니

흔들린
위기를 잡고
이 나라를 지켰네

조상님 나라사랑
산과 들도 감동하여

한없이 사랑하고
끝없이 슬퍼하는

부처님
대자대비가
온 누리에 가득해.

석가탑과 기원

전남화순도곡중앙초등학교 6학년
이 윤 수

친구들과 함께
석탑 주위에 둘러서서
손깍지 만들어

석탑 속에
기원하는 마음을
집어넣는다.

"우리 친구들이 커서
모두 꿈을 이루어
다시 만나게 해 주세요."
"행복한 삶을 계속계속
살게 해 주세요."

기원하는
각자의 마음들이
감동적으로 전달된다.

"부처님께서도
이런 예쁜 마음을 아시면
안 들어줄 수 없겠지."

석탑을 에워싸고 둘러서서
손깍지 만들어
간절히 기원한다.

아동시부 동상

부처님 이사하세요

경북경주초등학교 1학년
오 수 형

부처님은 왜 산에 계실까요?

친구들이 다니는 교회는
자동차 타고 가는데
할머니 따라 절에 갈 때는
등산화 꼭 신어야 해요.

처음에는 뛰다가
나중에는 걷기 싫어져
집에 가고 싶어지는데
조금만 더 가면 끝이라는
할머니는 거짓말만 합니다.

부처님은 왜 산에 계실까요?

우리 아파트 옆으로 이사 오거나
학교 옆으로 이사 오면
내가 매일 매일 절할 수 있을 텐데요.

청량사

경북봉화명호초등학교 3학년
최 유 림

청량사
절에 가면
기분이 좋다.

새 소리
바람 소리
풀벌레 소리

목탁 소리
염불 소리
마음이 맑아진다.

집에 돌아가면
공부가
더 잘될 것 같다.

절

강릉송양초등학교 3학년
노 하 은

절에서는
스님이 탁탁 목탁을 치고
절에서는
스님이 종을 친다.

절에는
부처님이 있어서 좋겠네.
절에는
스님이 있어서 좋겠네.

부처님은
절 다니는 사람들을 지켜주고
스님은
절 다니는 사람들을 도와준다네.

알밤 줍기

강릉교동초등학교 3학년
전 승 혁

알밤 주우러 간다.

다람쥐가 가져가기 전에
청설모가 가져가기 전에

내가 빨리 가야지
알밤이 다 내 차지다.

그래도 4개 정도는
남겨 줄 거야.

다람쥐야, 청설모야
사이좋게 나눠먹어.

부처님 얼굴

서울인수초등학교 4학년
이 효 상

부처님 얼굴
이마에 점 하나 달고
항상 인자하게 웃으신다.

길쭉한 귀는
세상 모든 소리 들으신다.

입은
이리 오렴~
하며 부르신다.

부처님 얼굴처럼
인자한 얼굴
어디 있을까?

소원

제주해안초등학교 4학년
조 준 휘

오늘은 석가탄신일
절에 갔다.

부처님을 향해
절을 했다.

'공부 잘 하게 해 주십시오.'
'우리 형 수능 잘 보게 해 주십시오.'
'우리 가족들 건강하게 해 주십시오.'

부처님은 내 소원 들어주실까?
마음을 담아 열심히 기도했다.

뒤돌아오다 부처님을 다시 보았다.
걱정 말라는 듯
빙그레 웃고 있었다.

기도하며 깨달았어요

경북안동강남초등학교 4학년
김 주 한

선생님과 함께 하는 힐링 캠프
숲 그늘에 눈을 감고 생각에 잠겨요.
나는 누구일까?
나는 누구를 위해 살고 있는가?
나의 목표는 무엇인가?
나의 생활은 바른가?

한자리에 서서 그늘을 만들어
사람들과 짐승들 쉬게 하고
가지에 날개 있는 새들 깃들어 쉬게 하는 나무
허기진 짐승에게는 열매를 주고
잎을 나눠주고
집을 지으려는 사람에겐
자기 몸도 베어가 쓰게 하지.

풀 한 포기, 한 포기
우리 몸에 필요한 신토불이 약제
맑은 물 맑은 공기
모두가 산이 베푸는 은혜.

남을 위해 사는 삶
바로 부처님의 마음
기도하며 비로소 깨달았어요.

부처님의 자비

전남완도중앙초등학교 5학년
임 나 린

눈에 보이지도 않고
손에 잡히지도 않지만
기도하고 찬불가 부르다보면
아하, 부처님 뜻이 이거로구나.

남을 돕는 일
친구와 다투지 않는 일
성내지 않는 일
고운 말 쓰는 일
바로 팔정도의 가르침.

자비로 일러주신 말씀
세상을 바르게 살도록 일러주신 말씀
어린이 팔만대장경 읽고
다시 다짐해보는 각오
'부처님, 사랑하며 나누며 살겠습니다.'

책상위에 호신불 모셔놓고
아침저녁 기도하는 시간
나의 마음을 깨끗이 하는 시간.

서운암 금낭화

경남김해삼성초등학교 6학년
이 가 인

해마다 이맘 때면
통도사 서운암엔

줄줄이 등을 달고
봄이 한껏 찾아와요.

야생화
밝은 미소에
내 마음도 봄입니다.

등하나만 밝혀도
세상 이리 밝은데

줄줄이 등을 켜는
금낭화 고운 맘은

세상의
어둔 골짜기
밝혀주는 빛입니다.

경주 불국사

서울치현초등학교 6학년
최 유 나

한여름 땡볕에도
불교 보물 구경 온 사람들
참 많구나.

여성스런 다보탑
남성스런 석가탑
불국사의 품속에서 아름답구나.

엄마 따라 두 손 모아
탑돌이 하니
이 무더위에 보러 온 이유를
알 것 같구나.
저절로 부처님을 부르게 되네.

탑돌이

경남김해삼성초등학교 6학년
김 정 연

큰 스님 불경소리
산자락 메아리 되어

목탁소리 리듬 맞춰
탑돌이를 한다네.

할머니
걸음걸음에
우리 가족 건강 담아

삽살개 졸음 쫓아
나도 같이 돌아본다.

엄마, 아빠, 언니, 동생
모두 모두 행복하라고

두 손에
정성을 담아
합장하고 돈다네.

줄글부 대상

감은사지

전남송광초등학교 5학년
이 준 형

감은사지를 학교에서 수학여행으로 갔다. 감은사지를 가니 한눈에 석탑 두 개가 눈에 들어왔다. 그래서 자세히 보기 위해 가봤는데 절터만 남아 있고 썰렁했다. 궁금해서 해설사 아저시께 물어봤다.

"저기 아저씨, 왜 절이 없

어요?"

"옛날에 일본이 쳐들어와서 태우고 갔단다. 이따가 다같이 듣자구나."

그 이야기를 듣고 나서 기분이 정말 나빴다. 그리고 석탑을 해설해 주는데 석탑은 두 개가 있어서 먼저 앞에 있던 석탑을 설명해 주었다.

"이 석탑 안에서는 큰 사리함에 사리가 나왔다"고 했다.

그리고 나서 멀리 있는 석탑에 가보았는데 아까 석탑보다 더 크게 보였다. 그리고 석탑을 해설해 주었다.

"이 석탑은 아까 석탑보다 더 큰 사리함과 더 많은 사리가 나왔어요."

그래서 "그 석탑이 이렇게 큰데 어떻게 열어서 사리를 찾았어요?"라고 질문을 해보았다. 그랬더니 "장비를 가지고 와서 열어 본 다음에 다시 조립해 놨어."라고 설명해 주었다.

너무 더웠다. 탑 그림자에서 조금 쉬고 난 뒤에 다같이 단체사진을 찍었다(석탑을 배경으로). 사진을 찍으려 하면 움직이고, 안 나오고, 잔디 보호인데 들어가서 "다시!", "다시!" 해서 다들 지쳤다. 그러던 중에 간신히 찍었다. 그리고 다음 일정이 있어서 버스를 타고 갔다.

왜 일본이 절집을 태웠을까? 이유는 절을 놔두면 일본이 망한다는 소문이 있어서 태웠다 한다.

이 글을 감은사지로 쓴 이유는 절집도 다 타버리고 달랑 석탑 두 개만 남았는데도 웅장한 느낌이 들고 절이 태워져서 없어진 게 안타까워서 '감은사지'로 글을 써보았다.

줄글부 금상

충효사 부처님

전남화순동면초등학교 3학년
박 하 은

"하은아! 할머니 충효사 갈 건데 같이 갈래?"

"뭐 하러 가는데요?"

"부처님께 소원을 빌러 갈 거야."

"그럼 나도 따라갈 게요."

나는 할머니와 함께 버스를 타고 충효사로 갔다.

할머니는 부처님께 항상 우리 가족과 왕할머니가 행복하게 해 달라고 기도를 했다.

나도 할머니를 따라서 가족이 행복하게 해달라고 소원을 빌었다.

그리고 충효사 절 옆에 나무 있는 데다가 돌탑을 쌓았다.

"어! 스님이네!"

절 옆에 스님이 글을 쓰고 계셨다. 앞에 서 계시는 스님께 물어보았다.

"저기 스님은 무슨 글을 쓰고 계세요?"

"충효사에 대해 쓰고 있단다."

스님 말씀을 듣고 나서 둘러보고 내려갔다. 가는 길에 배가 고파서 할머니께 말했다.

"이제 가자!"

할머니가 나를 부르셨다.

"이제 밥 먹으러 가자!"

그래서 저 아래 있는 식당에서 밥을 먹었다. 그리고 집에 가서 엄마께 내가 소원 빌었던 걸 이야기했다.

엄마가 말씀하셨다.

"어구! 고마워라!"

내가 쌓은 돌탑이 안 무너졌으면 좋겠다. 그리고 부처님이 소원을 모두 들어주실 것이라고 믿는다.

석 탑

전남화순도곡중앙초등학교 4학년
이 수 로

지난 금요일, 운주사로 현장체험학습을 갔습니다. 학교버스를 타고 친구들과 같이 갔습니다. 나는 운주사에서 석탑을 눈여겨보았습니다. 해설사가 석탑에 대해 설명을 해 주어서 쉽게 이해했습니다.

"우리나라는 석탑의 나라입니다. 따라 해보세요."

"석탑의 나라!"

나는 우리나라에는 다른 나라보다 석탑이 훨씬 많다는 걸 알았습니다. 다시 길을 걷다 보물 석탑을 보았습니다.

"이 석탑은 보물 1호 9층 석탑입니다."

해설사의 말을 듣고 9층석탑을 자세히 살펴보았습니다.

9층석탑은 네모난 돌들이 탑을 이루어 아름다움을 뽐냈습니다. 바로 옆에는 보물 2호가 있었습니다. 보물 2호는 탑이 아닌 돌부처상이었습니다. 또 바로 옆에는 보물 3호 원형 다층석탑이 있었습니다. 말 그대로 동그란 돌들이 층을 이루었습니다. 이런 소소한 탑과 불상이 있어서 운주사에는 많은 관광객이 찾는 관광지입니다. 나는 이런 탑과 절을 귀중히 여겨야겠다고 생각했습니다.

그리고 운주사 근처 산에는 또 하나의 탑이 있었습니다. 제일 잘 생긴 불상이 있고, 그 위 바위 위에 탑이 있었습니다. 그 탑이 생긴 이유는 모르겠지만 아무튼 그 탑이 생긴 위치가 신기했습니다.

이 운주사에 천불천탑이 있는 건 전설이지만 우리나라에서 탑과 불상이 이처럼 많은 절은 운주사 밖에 없다고 했습니다. 나는 소소하지만 위대한 운주사가 자랑스럽게 보였습니다.

체험학습을 마치고 돌아오는 버스를 타면서 나는 관광명소인 운주사가 우리 고장에 있다는 것이 기분이 좋았습니다.

이런 운주사가 오래오래 잘 보존되었으면 좋겠습니다. 그래서 부처님의 뜻이 사람들에게 널리 퍼져 오래오래 전해졌으면 좋겠습니다. 그러기 위해서는 문화재인 운주사가 절대 훼손되지 않았으면 좋겠습니다.

줄글부 은상

부처님과 소원등

광주불로초등학교 1학년
김 서 윤

외할머니가 사는 시골에 갔습니다. 아빠 차를 타고 화순에 도착했습니다.

"우리 산책 갈까?"

"좋아요, 좋아요! 호수공원에 가요."

나는 신이 나서 대답했습니다.

외할머니 손을 잡고 호수공원에 가서 놀이기구를 타고 놀았습니다.

"서윤아, 호수공원 위에 절이 있는데 가 봤니? 안 가 봤지?"

아빠가 절에 올라가보자고 했습니다.

"그래, 같이 가 보자. 만연사에 가서 부처님도 만나면 좋겠다."

외할머니는 만연사에 대한 이야기를 해 주셨습니다. 그리고 '만복이와 손팔찌' 동화도 해 주셨습니다. 만복이는 만연사에서 살았던 남자아이 이름이라고 하였습니다.

"아빠, 절에는 부처님만 살아요?"

나는 부처님을 보면서 물어보았습니다.

"부처님을 모셔놓고 소원을 비는 거야. 사람들이 무얼하나 잘 봐라."

사람들이 무릎을 꿇고 엎드리면서 절을 했습니다. 몇 번이나 계속했습니다.

"왜 사람들이 절만하고 있어요?"

"절만 하는 것이 아니라 소원을 빌고 있는 거란다."

외할머니가 가르쳐 주셨습니다.

"부처님은 소원을 다 들어줘요. 저도 소원 빌고 싶어요."

"소원? 무슨 소원 빌 건데? 어디 말해 봐."

아빠가 웃으면서 물었습니다. 나는 조금 부끄러운 생각이 들었습니다. 외할머니 손을 얼른 잡았습니다.

"서윤이도 이걸 달아야겠다."

외할머니가 한쪽 손으로 천장을 가리켰습니다.

"와! 예쁜 등이다. 등이 아주 많다. 근데 등이 왜 이렇게 많아요?"

나는 깜짝 놀라서 물었습니다. 이렇게 꽃등이 많은 것을 처음 보았습니다.

"사람들이 자기 소원을 빌기 위해 달아놓은 등이란다. 소원을 비는 사람이 많으니까 등도 많아진 것이지."

"외할머니, 그럼 소원등이네요?"

내가 대답하자 아빠가 손뼉을 쳤습니다. 그리고 나를 꼭 안아주었습니다.

"우리 딸은 말도 잘하네. 저것이 바로 소원등, 맞다. 맞아."

"부처님은 소원등에 있는 사람들의 소원을 모두 들어 주신단다. 서윤이도 부처님께 소원을 말해 보거라."

나는 외할머니 말씀을 듣고 소원을 빌었습니다.

"부처님, 우리 엄마 아빠 건강하게 해주세요. 우리 가족 행복하게 해주세요."

부처님이 나를 보고 웃는 것 같았습니다. 아빠가 내 머리를 쓰다듬어 주셨습니다. 나는 기분이 참 좋았습니다.

절에서 본 비둘기

전남송광초등학교 2학년
황 유 림

7살 때 일이다. 아빠의 심부름을 하다가 절을 보게 되었다.

절을 구경하고 있었는데 내 눈에 비둘기가 뜨였다. 그 비둘기는 나를 보면서 나에게 천천히 다가왔다. 비둘기가 나에게 반만큼 왔을 때 갑자기 절에서 종이 울렸다. 비둘기는 깜짝 놀라서 내 손에 올라왔다. 내가 비둘기에게 땅콩을 하나 주었다. 비둘기는 내가 준 땅콩을 먹었다. 먹는 모습이 너무너무 귀여웠다. 예전에 내가 키우던 앵무새 같았다.

비둘기랑 나는 땅콩을 나눠 먹었다. 그 비둘기도 조금 어렸다. 나랑 비둘기는 친구가 되었다. 난 비둘기가 참 좋았다. 난 비둘기와 함께 탑도 구경했다. 다시 12시가 돌아왔다. 그래서 절에서는 다시 종이 울렸다. 하지만 비둘기는 안 놀랐다.

나는 비둘기를 보고 우정에 대해서 알게 되었다. 비둘기는 사람은 아니지만 비둘기와 나의 우정이 마음으로 통했다.

내 마음 속의 부처님

전남송광초등학교 4학년
김 경 원

내 마음 속엔 부처님이 계신다. 황금처럼 빛나는 분들. 나에게 희망을 주고 나에게 용기를 주고 나에게 지식을 주신 분들. 선생님들도 나에게 아주 중요한 지식, 희망, 용기를 주시는 나의 부처님이다.

또 하나의 부처님이 계신다. 그분들도 역시 나에게 지식, 용기, 희망을 주신 나의 부모님들. 매일 우리들을 위하여 아프셔도 우리들을 위하여 매일 일하시는 우리 부모님. 내가 아팠을 때도 매일 힘을 쓰셔서 나를 따뜻하게 감싸주는 부모님 부모님, 편찮으실 때도 나를 위하여 힘을 쓰시는 우리 부모님, 매일 나에게 따뜻하게 대해주시는 우리 부모님, 내가 사랑한다고 하면 나도 사랑한다고 맞장구 쳐주는 사랑하는 나의 부모님, 나의 부모님도 사랑하는 부처님 부처님을 생각하면 내 마음이 평화로워진다. 잠시 눈을 감고 있으면 마음에서 자연의 소리가 들리는 듯한 기분이다. 화가 나도 생각하면 화가 사라진다.

마지막 부처님도 계신다. 나와 친하게 지내주는 나의 친구들. 매일 도와주고 얘기하는 정다운 나의 친구들, 친구와 싸우면 마음 한 구석이 찜찜한 기분 사과를 하면 마음 한 구석에 있는 구멍이 꿰매져 있다. 난 무슨 표현을 잘 못한다. 친구들도 나 때문에 마음이 아팠을 수도 있다. 난 친구들에게 이런데 나를 감싸주는 나의 친구, 고맙고 미안하다. 내 친구도 나의 부처님이시다.

천불 천탑

전남화순도곡중앙초등학교 4학년
홍 승 현

"어? 도시락?"

아침에 일어나보니 엄마가 도시락을 싸고 계셨다.

'맞아, 운주사 가는 날이구나!'

나는 마음이 설레었다. 운주사를 간다는 생각에 기분이 좋았다.

학교에서 1교시 공부를 하고 버스를 탔다. 운주사를 가면서 옛날 운주사에 갔던 기억을 떠올렸다. 우리가족이 다 같이 즐겁게 나들이를 간 기억이 생각난 것이다.

운주사에 도착하여 해설사를 만났다. 우리 땅에서 부처님 땅으로 이동하기 전에 일주문에 대한 설명을 들었다. 그리고 문을 넘어서 부처님 땅으로 갔다. 갑자기 대호형이 옆에서 소리쳤다.

"다람쥐다!"

나는 깜짝 놀라 쳐다보았는데 진짜 있었다. 신기하였다.

석불석탑 코가 깎인 부처님들을 보았다. 마침내 천불 천탑 앞에 도착하였다. 엄청 많은 불상이 있었다. 그 주변 벽에 벽화가 그려져 있었다. 해설사가 설명을 해주었다.

"이 그림들은 천국과 지옥의 모습이야."

나는 벽화를 보았다.

"어! 천국과 지옥이 붙어 있지만 또 갈라져 있네!"

그 주변은 천국 간 사람의 행동, 지옥 간 사람 행동 등 여러 가지가 있었다. 나는 그걸 보고 나중에 죽으면 천국을 갈 것이다. 그걸 위하여 착한 일을 많이 할 것이다. 그 그림에 지옥이 무섭게 그려져 있어서 더 천국을 가고 싶었다. 앞일이 걱정되기도 하였지만 그래도 잘 살아갈 것이다. 그런데 그때 해설사가 또 물어보았다.

"이 그림을 보면 여러 가지가 그려져 있죠?"

"네!"

"이걸 보고 꼭 착한 사람 되세요, 알겠죠?"

"네!"

나는 자신 있게 똑똑한 소리로 대답했다. 요즘에는 나쁜 짓하는 사람이 많이 있지만 천불 천탑을 보면 마음이 좋아질 것이다. 나는 정성으로 만든 이 천불 천탑을 보면서 소원도 빌고 앞으로 착한 일을 많이 하겠다고 다짐했다.

월정사 템플스테이

강릉율곡초등학교 4학년
정 예 인

'템플스테이' 말부터 낯설다. 이 낯선 월정사 템플스테이를 엄마가 나한테 한마디 말도 없이 접수하고 돈까지 다 냈다는 것이다. 그러니 싫다고 말해도 소용없다는 엄마의 명령이었다. 또 엄마가 굳이 날 싫다는 템플스테이에 보내려고 하는 것은 절에서 한번 자보면 기분이 달라지고 절에 가는 것을 좋아하게 될 것이라는 것이다.

드디어 템플스테이 가는 날이 되었다. 우리 집에서 월정사까지 한 시간도 더 걸렸다. 그 오랜 시간동안 낯선 곳에서 자야하는 걱정, 낯선 친구들과 생활해야한 걱정으로 말은 별로 하지 않고 갔다. 도착하여 아이들을 둘러보았다. 어디를 보아도 아는 아이는 없었다. 아는 친구까지 안 바란다. 그냥 언니든 동생이든 낯익은 얼굴이라도 있었으면 했는데 없었다.

아는 친구가 없으니 스님의 말씀에 귀를 기울이게 되었다. 싫지 않았다. 아니 참 좋았다. 불교 동요도 배웠다. 노래를 부르니 기분도 좋아졌다. 고기는 없었지만 밥도 맛있었다. 저녁밥을 먹고 잠잘 시간쯤 되자 나에게 말을 걸어주는 아이들도 있었다. 원래 내가 낯가림이 심해 먼저 말을 걸지 못하는데 말을 걸어주니까 너무 고마웠다. 그래서 웃어주었다. 내가 웃으니까 애들도 웃었다. 맘이 좀 통했나 싶은 생각이 마음이 처음보다 훨씬 가벼워졌다.

애들이 말을 걸어주지 않았다면 난 우리 집과 멀리 떨어진 절에서 엄마와 떨어져 자야 한다고 울어버렸을지도 모른다. 잠깐 이야기를 나눈 아이들한테 우는 모습을 보여주고 싶지 않아 꾹 참았다.

새벽 일어나는 시간이다. 목탁소리가 아주 크게 들려서 깜짝 놀랐는데 바로 우리들을 깨우는 목탁소리였다. 더 자고 싶은 마음도 목탁소리와 긴장감이 다 날려버렸다. 벌떡 일어나 세수하고 주변을 정리했다. 옆에 엄마가 없다는 것이 내 할 일을 모두 내가 하게 만들었다.

어제와는 다르게 친구들과 친해졌다. 장난도 살짝 할 만큼 친해졌다. 스님의 가르침도 금방 몸에 익혀졌다. 특히 예절을 중요시했는데 나도 지키려고 노력하게 되었다.

엄마 말이 맞았다. 템플스테이를 하고 난 후 정말 절이 친근하게 느껴졌다. 특히 월정사 하면 괜히 친근하다. 그리고 그때 내가 부처님께 약속한 것들을 떠올려본다. 아직 잘 지키지 못하고 있는 것도 있지만 지키려고 노력한다. 나만의 약속이 아니라 부처님 앞에서 한 약속이니까 더 잘 지켜야한다고 생각한다.

줄글부 동상

극락세계가 있대요

전남화순동면초등학교 3학년
김 보 름

친구들이 교실에서 속닥거리고 있었다.

'무슨 이야기지?'

나는 친구들이 있는 곳으로 가까이 가서 귀를 쫑긋 세웠다.

"야, 불교는 믿으면 지옥간대!"

나는 할머니와 할아버지께서 불교를 믿고 있어서 걱정이 되었다.

'어떡하지?'

나도 모르는 사이에 아이들 이야기에 끼어들었다.

"야! 세상에 그런 게 어디 있어?"

"있어! 있다니까!"

아이들이 대드는 소리에 기가 죽었다. 나는 곧 내 자리로 와서 앉아 있었다. 생각하고 또 생각해봐도 마음이 불안했다.

'참나, 그런 게 어디 있어? 뭐, 있을 수 있겠지만 그럼 어떡하지? 우리 집에 할아버지는 불교를 믿으시는데……'

할아버지와 할머니를 생각하니 정말 걱정이 되어서 앉아있을 수가 없었다. 화장실에 가서 울음을 터뜨렸다. 눈물이 계속 나왔다. 한참 있다가 교실로 와서 다시 또 공부를 시작했다. 공부를 하고 있어도 또 그 생각이 들었다. 쉬는 시간에 친구가 나를 불렀다.

"보름아, 화장실 갈래?"

"알았어, 같이 가자!"

나는 화장실에 가서 볼 일은커녕 울기만 했다.

'우리는 할머니 할아버지가 좋은데 왜 불교를 믿으실까? 그래 내가 교회 다니면 할머니 할아버지도 지옥 안 가시겠지?'

이렇게 생각하고 교실로 다시 들어갔다.

공부를 마치고 나는 교회를 가서 우리 할머니 할아버지 오래오래 살고 지옥 안 가게 해 달라고 빌었다. 마음이 조금 좋아졌다.

집으로 와서 이모에게 친구들 이야기를 했다.

"이모, 불교를 믿으면 왜 지옥 가?"

이모는 내 말을 듣고 깜짝 놀랐다.

"불교는 부처님을 믿고 교회는 하느님을 믿어! 무슨 지옥에 간다고 그래? 극락세계로 가는 거야."

이모가 화를 내면서 야단을 쳤다.

"이모, 진짜로 불교를 믿으면 극락세계로 가? 우리 할머니 할아버지 지옥 안 가?"

내가 다시 물었다.

"당연하지. 할머니 할아버지가 얼마나 착하신데, 걱정하지 마."

"아이 좋아라."

나는 불교가 극락세계로 보내준다는 것을 처음 알았다.

"할머니 할아버지, 극락세계가 있대요. 거기서 행복하게 사세요."

나는 기뻐서 박수를 쳤다. 할머니 할아버지가 내 말을 듣고 웃으셨다.

운주사 돌부처

전남화순도곡중앙초등학교 4학년
박 경 만

운주사를 가기 전날 나는 정말 긴장되었다. 일어나서 시간을 보았더니 8시 30분이었다.

'나는 이제 망했다.'

그런데 시계를 자세히 보니 6시 30분이었다. 다행이다. 마음이 놓여서 방문을 열고 나갔다.

다른 방은 전부 불이 꺼져 있는데 부엌만 불이 켜졌다. 부엌에 들어가 보니 엄마가 도시락을 만들고 있었다.

"엄마, 제 도시락이에요?"

학교 버스가 올 시간이다. 나는 준비를 하고 형과 함께 집 밖에 나가 버스를 탔다.

"대호 형! 도시락 반찬 뭐야?"

대호 형은 아무 말도 하지 않았다. 학생들이 탔다.

"1학년부터 6학년까지 전부 가방이 빵빵하네."

학교에 도착하였다. 벌써 학교가 시끌벅적하였다.

"무열아, 너 뭐 싸왔어?"

"나?"

"응!"

"나는 그냥 김밥 싸왔는데!"

"그래, 나는 김치볶음밥, 그리고 햄 또 베이컨을 싸왔어."

나는 마음이 들떠서 빨리 나가려던 순간 선생님께서 말씀하셨다.

"잠깐! 1교시는 하고 가야지."

1교시 국어시간이 끝나자 버스 있는 곳으로 나갔다. 그리고 버스를 탔다.

나는 버스에서 멍하게 운주사가 어떻게 생겼는지 생각하였다.

'와불은 얼마나 클까?'

그렇게 생각하다보니 운주사에 다 왔다. 해설사 선생님을 만나고 일주문에 들어섰다. 해설사 선생님께서 이야기 하였다.

"이 문을 들어가면 부처님 세계이고 이 문을 들어서기 전에는 사람들의 세계입니다."

"네!"

이제 문을 넘어 부처님 세상으로 넘어갔다. 길을 걷고 있는데 대호 형이 엄청 큰 목소리로 말했다.

"다람쥐다!"

"어디? 어디? 어디에 있어?"

"저기에 있잖아. 저기 안 보여?"

"어? 정말이네!"

나는 대호 형이 말한 다람쥐를 보았다. 계속 걷고 나니 오른쪽에 큰 부처님상이 계셨다. 해설사 선생님이 설명하셨다.

"저기에 있는 부처님은 다른 부처님과 다르게 크죠? 저 부처님은 남쪽으로 들어오는 나쁜 기운을 막아주는 부처님이에요."

"네!"

남쪽을 지키는 부처님은 두 손을 배 있는 곳에 모으고 있었다.

뒤쪽으로 가 보니 손 모양만 다르고 다 똑같은 부처님이 계셨다.

"이 부처님은 북쪽을 지키는 부처님이예요."

북쪽을 지키는 부처님은 오른쪽 손을 반쯤 들고 왼손은 오른손을 받쳐들고 있었다. 조금 더 올라가서 많은 탑과 와불을 보았다.

이제 점심 먹을 시간이었다. 4, 5, 6학년 학생들은 전부다 기뻐서 빠르게 밥 먹을 장소로 갔다. 밥을 먹고 1시까지 계속 놀다가 보물찾기를 했다. 나는 16번 보물을 찾아서 기분이 참 좋았다. 색깔별로 있는 볼펜세트를 받았다. 다른 절보다 탑이 엄청 많은 운주사에 우리 가족들과 또 와보고 싶어졌다.

송광사 절

전남송광초등학교 4학년
박 세 진

우리 학교 가까운 곳에 송광사가 있다. 송광사에는 절이 있다. 부처님과 스님이 있다. 그 절에는 맑은 물과 상쾌한 공기가 있다. 송광사에는 우리 꿈이 담겨 있다. 송광초의 꿈도 담겨 있다. 이렇게 송광사는 꿈과 희망이 넘치는 아름다운 곳이다.

일요일에는 절을 다니는 아이들이 있다. 초등학생, 중학생, 고등학생 등 여러 학생들이 온다. 여러 학교에서 온다. 나도 옛날에는 절에 다녔었다. 내가 다녔을 때에는 스님들이 착하시고 우리에게 잘 해 주셨다. 그것처럼 송광사는 따스하다. 엄마의 품처럼 말이다.

우리의 꿈을 품고 있는 송광사도 꿈으로 가득 찼다. 우리들의 꿈이 빛나면 빛날수록 송광사도 빛나겠지요. 우리의 꿈이 커지면 송광사도 커지겠지요. 우리들은 송광사가 꿈을 품어줄 때 자신감을 얻지요.

우리는 절에서 많은 것을 배웁니다. 해야 할 것과 안 해야 할 것을 배웁니다. 생명의 소중함도 송광사 절에서 배웁니다.

나한테는 송광사가 엄마 같은 존재입니다. 내 꿈을 품어주고 맑고 따뜻한 엄마 같기 때문이다. 그리고 또한 넓고 높기 때문이다. 송광사는 우리의 꿈을 싣고 높이 올라갈 거다. 왜냐하면 우리의 꿈이 크기 때문이다.

나는 어른이 돼서도 송광사를 잊지 않을 거다. 나의 꿈과 희망, 자신감을 줬고 재미있는 추억과 기억이 담겨 있기 때문이다. 나는 절대로 잊지 않을 거다.

맑은 물이 흐르고 상쾌한 공기를 절대로 내 기억에서 없어지지 않을 거다.

일본에서의 특별한 경험

강릉율곡초등학교 4학년
권 내 림

"으~ 아빠 무서워!"

"악~ 나가고 싶어 엄마!"

난 얼마 전 일본 여행을 갔을 때 아주 특별한 체험을 했다. 교토에 있는 청수사라는 절에 갔다. 여행일정에 있는 코스니까 뭐 그냥 쭉 둘러보는 거라고 생각했다. 그런데 그 절에는 특별한 것이 있었다. 바로 '엄마 뱃속체험' 이라는 것이다.

절에 신비로운 문으로 일단 들어갔다. 신비로운 입구와는 달리 들어가자마자 아무것도 보이지 않았다. 깜깜하니 정말 무서웠다. 그래서 부모님께 계속 빨리 나가자고 하였다. 부모님은 괜찮다고 하시면서 계속 앞으로 나가는 것이었다. 더 놀라운 것은 4살밖에 안된 내 동생은 뭔가 익숙한 듯 아무 소리도 안하고 앞으로 걸어 나가는 것이다.

"나… 나우야, 아… 안 무서워?"

"응, 언니! 여기 엄마 뱃속이야. 아까 엄마 뱃속체험이라고 했잖아."

난 순간 내 동생이 신기하게 느껴졌다. 보통 때는 끄떡하면 무섭다고 울던 애가 이 깜깜한 곳에서 무서워하지 않다니…… 그래도 내가 언니인데 하는 생각을 하면서 무서움을 잊고 걸어갔다. 걸어가다 보니 점점 빛이 보이면서 출구가 나왔다.

난 얼른 나와서 엄마한테 나우가 어떻게 엄마 뱃속 같다고 말했냐고 물어보았다. 엄마께서 대답하셨다.

"음, 1살~5살 까지는 엄마 뱃속에 있던 일을 기억한대. 그러니까 나우는 아직 4살이니까 기억하겠지."

난 너무 신기했다. 뭔가 생명의 신비함이 느껴졌다.

조금 전까지는 절에서 무슨 귀신경험도 아니고 이런 걸 하는가 의아했는데 가만히 생각하니 다 이유가 있다는 생각이 들었다. 불교는 생명을 소중히 여기는 종교이다. 함부로 생명을 죽이지 않는 종교다. 그러니 나처럼 그곳에 들어갔다 나오면 생명의 신비가 느껴져서 생명을 함부로 다루지 않을 것 같다. 아마 그래서 이런 체험을 하는 곳을 만들었는지도 모른다.

일본여행의 좋은 추억 속에 이 청수사에서의 특별체험도 오래 기억될 것이다.

할아버지 추도식

전남화순도곡중앙초등학교 5학년
황 지 원

"이번 주말에는 할아버지 추도식에 간다."

엄마가 월요일 아침에 말씀하셨다.

"김제 성모암에 가는 거지요?"

나는 학교에 가려다 말고 엄마한테 여쭈어 보았다.

"응, 성모암으로 가는 거야. 너도 그렇게 알고 있어."

나는 할아버지 추도식을 모셔준 스님 모습이 떠올랐다.

"할아버지는 극락세계에 가서 좋은 곳에 다시 태어나셨단다."

스님은 추도식 때마다 이렇게 말씀해주셨다. 그 소리를 들을 때마다 나는 기분이 좋았다.

기다리고 기다리던 주말이 되었다. 우리 가족은 아빠 차를 타고 김제를 향해 출발했다. 김제까지는 1시간 30분이 지났을 때 성모암에 도착할 수 있었다.

"지원이 왔구나, 어서 와라!"

친척들이 나와서 우리 가족을 반겨주었다.

성모암에는 할아버지 추도식 준비가 차려져 있었다. 부처님 앞에 할아버지 사진을 놓고, 촛불을 켜놓고 과일과 음식이 놓여 있었다.

"모두 자리에 앉아주세요. 시작합니다."

스님이 우리들을 차려놓은 상 앞으로 앉게 하였다. 나는 할아버지 사진을 보면서 할아버지를 기원했다. 할아버지가 보고 싶어졌다.

'할아버지, 좋은 곳에 가셔서 잘 지내시죠? 할아버지 보고 싶어요. 극락세계에서 우리를 지켜주세요. 사랑해요.'

내가 마음속으로 기원하고 있을 때 스님이 불경을 외웠다. 목탁소리가 은은하게 퍼지며 나를 감싸 주었다. 목탁소리를 들으니 엄마 품속에 안겨있는 것처럼 마음이 편안해졌다.

"엄마, 우리가 전에 와서 할아버지 사진 꾸며드리길 잘 했죠? 그렇죠?"

"그래, 할아버지 사진이 더 멋져 보이는구나. 할아버지도 외롭지 않으실 거야."

엄마가 그렇게 말씀하시며 나를 안아주셨다.

"엄마, 엄마는 기분이 어때요? 슬퍼요?"

"응, 아직도 할아버지가 많이 보고 싶단다. 할머니도 마찬가지란다."

그 말에 할머니를 보니, 할머니 눈가도 젖어 있었다.

제사가 끝나고 할머니 댁으로 가는 길에 나는 할아버지는 어디에 계실지 생각해 보았다.

'할아버지 안녕히 계세요. 사랑해요!'

이번 제사는 늘 그렇듯 슬펐지만 할아버지를 뵐 수 있어서 좋았다.

해인사

전남송광초등학교 5학년
김 영 규

해인사를 갔다. 해인사에는 팔만대장경이 있다. 해인사는 삼대 사찰 중에서 세 번째이다. '사'는 절 사 자이다. 해인사 스님들이 돌아가셨을 때 다비식으로 하는데 공부나 수련을 많이 하신 분은 사리가 많이 나온다. 공부나 수련을 적게 하신 분은 사리가 적게 나온다. 그리고 해인사에 있는 팔만대장경을 보니 엄청 목판이 많았다. 입구에도 해가 뜨면 연꽃 모양이 나온다. 스님들은 오신채를 먹지 않고 고기도 안 드신다. 임진왜란 때 일본들이 쳐들어와 절들이 다 산에 있다.

해인사의 절에 간 이유는 송광사에서 갔다. 팔만대장경 글씨가 거울에 비친 것처럼 글씨가 반대로 되어 있다. 보고 온 느낌은 멋있었다. 그 이유는 팔만대장경의 엄청난 규모 때문에 멋있었다. 팔만대장경은 해인사에 있다. 습도조절과 엄청난 습기제거, 물을 없애고 아무튼 능력은 많다.

해인사에는 팔만대장경 말고 엄청난 것들이 더 있다. 들은 소리는 스님들 목탁소리가 들리고 스님들이 예불을 올리는 것이 있다. 팔만대장경은 멋있다. 그 이유는 웅장하고 아까 말했듯이 멋있었고 옛날의 우리의 노력과 힘의 얼이 놀랐다. 해인사의 다른 이름은 합천 해인사는 밥이 맛있다. 밥 먹는 곳이 따로 있는데 엄청 맛있다. 엄청 규모도 컸다.

밥이 급식판에 있는데 맛있는 게 많이 나온다. 다른 절은 밥이 별로 맛없는데 해인사가 밥이 제일 맛있었다. 아침 4시에 일어나 새벽 예불을 드렸다. 백 원을 던져서 거북이 등에 올라가야 하는데 안 올라가서 짜증이 났다. 그래서 해인사가 멋있다.

송광사

전남송광초등학교 5학년
조 연 지

엄마께서 송광사로 놀러가자고 했다. 송광사에 가니 맑은 계곡물이 흐르고 식당이 많았다. 송광사는 삼보사찰 중에 하나로 우리나라에서 두 번째로 크다. 절이 무척 조용해서 새가 지저귀는 소리도 들리고 작지만 목탁소리도 들린다. 송광사는 어떠한 날이 되면 시끄러워지고 스님 한 분이 큰북을 치신다. 그 북의 소리는 아주 아주 크다.

송광사와 다른 절들은 안 먹는 음식이 있다. 바로 고기이다. 생명을 중요시했기에 고기를 먹지 않는다. 공양간이라는 곳에 가니 밥 냄새가 났다. 내려가다 보면 아이스크림 파는 곳이 있는데 내가 엄마께 맛있을 것 같다고 말하니 엄마께서 사 주셨다. 정말 맛있었다. 그리고 시원했다. 이제 먹으면서 다 내려오니 식당이 많던 곳으로 왔다. 아빠께서 계시는 식당으로 가서 밥을 먹었다. 맛있게 먹으면서 '오늘 친구들 안 만났는데' 라는 생각이 들었다. 가려고 했지만 귀찮아서 그냥 안 갔다. 절에도 식당이 있던데 내 입맛은 아니었다. 정말 맛없게 느껴졌다. 고기가 안 들어 있어서일 것이다. 그러면서 난 밥을 다 먹었다. 다 먹고 엄마 차가 있는 주차장으로 갔다. 차에 타니 피곤이 몰려왔다. 많이 걷고 해서 그런 것 같다. 그런데 절에 박물관이 있다고 하던데 가장 많은 보물을 간직하고 있다고 한다.

가끔 세계 각지에서 그 보물을 보러 온다고 선생님께서 말씀하셨다. 그런 송광사가 우리 곁에 있다니 믿겨지지가 않는다. 정말 내가 피곤하긴 한 것 같다. 난 결국 차에서 자버렸다. 일어나니 집에 도착했다. 다음에는 사람 많을 때 가지 않으련다.

자랑스러운 송광사

전남송광초등학교 5학년
서 정 민

우리 집은 송광사 바로 앞 동네다. 그래서 친구와 함께 가보기로 하였다. 도착했을 때 송광사의 웅장함이 느껴지면서 "똑똑똑" 목탁소리와 죽비소리가 들려서 내 귀가 춤을 추는 것 같았다. 걸어가다 보니 맛있는 냄새가 났다. 향기에 이끌려 가보니 공짜로 밥을 주는 시설이었다. 배고파서 먹고 싶었지만 스님들께서 밥을 먹고 계셔서 선불리 들어가지 못하였다. 배고픔을 꾹 참고 그냥 가기로 하였다. 승보 박물관에 가보았는데 가장 많은 사찰문화재를 간직하고 있다는 것을 처음 알았다. 뿌듯했다. 내려가면서 더워져서 계곡에 들르기로 하였다. 발을 담갔더니 멍했던 정신이 '번쩍!' 하고 차려졌다. 정말 시원했다.

오랜만에 불일암이 가보고 싶어져서 가보기로 하였다. 높은 산처럼 오르막길이 이어졌다. 땀이 비처럼 흘렀지만 힘내고 가보았다. 드디어 도착을 했다. 근데 해우소가 보였다. 조금 찝찝하였지만 들어갔다. 정말 오래된 것 같았다. 슬쩍 사탕을 가져가고 물고기를 보았다. 웅덩이에서 물고기가 살았는데 정말 예뻤다. 불일암 구경을 내려가면서 문득 '겨울 때 썰매 타면 좋겠다!' 라고 생각했다.

너무 더워져서 친구와 계곡에서 놀고 가기로 하였다. 다리→팔→배→얼굴→심장 순으로 물을 묻히고 풍덩 들어갔다. 너무 시원했다. 수영도 하고, 수중 게임도 하고, 진짜 생각이 들었다. 선생님께서 송광사가 가장 큰 절 세 손가락 안에 들어간다는 말씀을 하신 것이 생각났다. 괜히 웃음이 나고, 괜스레 뿌듯해졌다.

송광사 절에서 기도를 했는데 부처님이 굉장히 웅장해 보였다. 경건한 마음으로 기도를 했다. '정말 이루어질까?' 라는 생각을 했지만 정성을 다해 기도를 했다. 기도를 마치고, 내 정성이 들어간 것 같아서 뿌듯하고 기뻤다. 우리 송광사가 이렇게 멋져서 뿌듯하고 자랑스러웠다. 엄마가 보고 싶어졌다. 왜냐하면 엄마는 순천으로 일하러 간다는데 일요일에만 볼 수 있다. 우리 송광사가 굉장히 자랑스러웠다.

천자암

전남송광초등학교 5학년
이 시 형

천자암에는 쌍향수라는 데가 있고 향나무가 있다. 이 나무는 참 오래 견디고 이겨냈다. 또 물소리 참새소리가 들렸다. 그런데 갑자기 나무향 냄새가 났다. 그 나무는 향나무였다. 거기에서는 냇가에서 물놀이를 했다. 잠수, 수영 등을 했다. 정말 재미있었다. 다시 한 번 더 가보고 싶었다. 그리고 나는 특히 천자암에 있는 쌍향수이다. 그것은 향나무인데 두 그루가 꼬여서 쌍향수라고 불러진다. 그 천자암에서는 향나무가 많아서 향나무의 향기가 난다. 그때 느낀 것은 거기는 맑은 공기가 있고 나무 덕분에 향기도 많고 또 나무가 꼬인 것이 신기하기 때문에 나는 천자암을 다시 한 번 가보고 싶다. 또 거기서는 식당이 아주 아주 많았다. 그래서 거기에서 들어가서 밥을 먹었다. 거기에 음식은 비빔밥이 있다. 우리 가족끼리 가서 먹어서 더 좋았다.

또 우리는 나무를 보고 만져보았다. 그리고 나는 유치원 때 나는 한 번 가 봐서 기억이 난다. 그리고 거기에 가면 머릿속이 좋아지고 상쾌해진다. 그 공기를 어디에다가 담아오고 싶었다. 그래서 내가 머릿속에 담아왔다. 그건 내 생각이다.

거길 온 기념으로 사진을 찍었다. 나는 사진기로 다른 곳과 풍경을 찍었다.